PARA LUCÍA

ExLibric

MIGUEL AMADOR GONZÁLEZ

PARA LUCÍA

EXLIBRIC

ANTEQUERA 2024

PARA LUCÍA
© Miguel Amador González
Diseño de portada: Dpto. de Diseño Gráfico Exlibric

Iª edición

© ExLibric, 2024.

Editado por: ExLibric
c/ Cueva de Viera, 2, Local 3
Centro Negocios CADI
29200 Antequera (Málaga)
Teléfono: 952 70 60 04
Fax: 952 84 55 03
Correo electrónico: exlibric@exlibric.com
Internet: www.exlibric.com

ISBN: 978-84-10297-95-1
Depósito Legal: MA 2497-2024

Impresión: PODiPrint
Impreso en Andalucía – España

Nota de la editorial: ExLibric pertenece a Innovación y Cualificación S. L.

MIGUEL AMADOR GONZÁLEZ

PARA LUCÍA

A toda mi gente, siempre imprescindible.

I

No podía dormir. Hacía un calor de mil demonios. Esta expresión la había escuchado en varias ocasiones a los más viejos del lugar. Y qué expresión tan precisa, pues en verdad se sentía como si en procesión marcharan esos demonios, con sus antorchas y tridentes prendidos, con sus voces y risas endemoniadas, braseando las serpenteantes calles de este más que olvidado pueblo pesquero. Como una reina en sombras, dorada y melancólica, se mostraba la luna esa misma noche. Todavía hermosa, igual que siempre, derretía su languidecida luz sobre los desalineados tejados para, descalza, deslizarse arriba y abajo por las solitarias y dormidas calles. Yo, que habituado me hallaba a contar cada noche con su luminosa pero silenciosa y lejana compañía, me sorprendí al verla tan distinta y no tan distante, que era como a menudo le gustaba mostrarse.

«¡Golondrinas!», pensé extrañado al hallarla de esa guisa.

La luna, que acostumbraba a observarlo todo desde la lejanía que le proporcionaba cualquiera de las inalcanzables ramas del eterno árbol, ese árbol que crece y crece tanto que a nuestros ojos se vuelve invisible, y que se extiende y cubre con su oscuro follaje el cielo de la noche, por alguna razón había decidido bajar.

Y qué eterna y poderosa me había parecido siempre; tan deslumbrante, tan redonda, tan alta. Así, tan plateada. Tan ajena a todo lo que aquí abajo a menudo suele acontecer. Y viéndola siempre con aquel brillo tan nítido y limpio, no sé por qué me hacía pensar que ella dolor no podía sentir. Viéndola desplegar a su antojo sus silvestres cabellos plateados, me hacía creer que no existiría cosa en este mundo que a la luna pudiera hacerla sufrir. ¿Cómo iba a pensar que algo tan majestuoso sería capaz de sentir ni tan siquiera una chispa de dolor? Pero fue esa misma noche, desde mi sitio, que no era más que la vieja rama de un árbol cualquiera, viéndola dorada, y por esa melancolía con la que su luz divagaba, que pude comprobar que algo le ocurría a la más hermosa de todas las luces.

Y por haber tenido la oportunidad de verla tan cercana, me alegré de que el sofocante calor me hiciera permanecer despierto aquella madrugada, la más larga de todas las que hasta el momento podía recordar —ignoraba, aún por aquel entonces, que otras noches más largas estarían por llegar—. Y viéndola tan cercana y dorada, y, como seguía bien arriba, en el firmamento, y a su vez en cualquier parte que su luz alcanzaba, sin necesidad de moverme de mi vieja rama, a ella dirigí unas palabras:

—Bienvenida, mi buena viajera. No creía dignos a estos desamparados callejones de que alguien de semejante altura viniera a iluminarnos tan de cerca. Dime, Luna, si es que puedes: ¿qué haces que mis plumas no tiñes de destellos azules con tu plata y a pasear las calles vienes con esa luz tan desvaída, que pareciera que caminas de la mano de la desgracia?

Pero la luna, de brillantez claramente perdida, quizás no oyera o no entendiera el áspero y resonante tono de mi voz; o simplemente no encontrara palabras certeras con las que responderme. Así pues, sin mirarme siquiera, continuó su camino.

Esa noche, como cada noche desde que de mi razón puedo hacer uso, las calles del pueblo y los bajos de las casas eran salpicados por los susurrantes rugidos de una manguera que con esmero nos liberaban de la suciedad y del insoportable olor a pescado. La luna recorría una y otra vez los recién refrescados callejones. Su luz se reflejaba en cada charco y destellaba en cada baldosa empapada, inundando así de un fulgor dorado las paredes y todo cuanto su dulce pincel alcanzaba. Aunque bella, aquella escena me inspiraba la emoción triste de una danza quieta, de un poema sin ritmo, de una orquesta sin más melodía que el rugir de la manguera, ni más audiencia que yo mismo. Y mientras esto así ocurría, por alguna razón que aún yo desconocía, en el cielo se volvía más y más tenue y las nubes grises sobre ella se comenzaban a apelotonar. Y, aunque no contestara a mi pregunta y a mi presencia apenas prestara atención, abandoné mi vieja rama y me dispuse a seguirla con el disimulo que me brindaban las sombras de la noche con las que mi liso plumaje se camuflaba.

Viendo vagabundear tan cercana a la que siempre me resultó tan lejana, me moría de ganas de oír su voz.

«¿Cómo se sentiría oír hablar a la luna?», me preguntaba a mí mismo mientras observaba su luz, que era como observarla a ella misma. Por eso, no me reprimía cada vez que quería decirle algo; por eso, me atreví de nuevo a preguntarle:

—¿Por qué has bajado desde la inalcanzable rama de tu privilegiado árbol? Dime, Luna, si es que puedes: ¿es que, de repente, te ha entrado un miedo atroz a las alturas? ¿O es que se ha quedado tu luz sin más espacio donde brillar allá arriba, en el infinito más lejano?

Claramente, estaba bromeando, aunque sin la intención de provocar mal alguno con mis palabras. Pero mi sentido del humor no debió gustarle demasiado a la luna, que, aunque no respondió con palabras, al momento detuvo su caminar. Me miró desafiante y así en la Tierra como en el cielo, la vi cambiar de color: del triste y melancólico dorado, pasó a relucir un intimidante color siniestro y anaranjado que casi teñía del mismo pigmento el color oscuro del firmamento. Y cómo debió ser la cólera que en ella desperté, que incluso el puñado de nubes, que arrejuntadas la venían molestando, se dispersaron como una bandada de pajarillos asustados.

De repente, yo, que hasta ese momento había estado observándola con admiración y curiosidad a partes iguales, sentí la repentina necesidad de desviar la mirada, como si una fuerza externa controlara mis movimientos. Sin pensarlo, ante la luna agaché la cabeza y, con mi voz profunda pero temblorosa, le ofrecí mis más sinceras disculpas. Esta debió aceptarlas, pues sin decir una sola palabra, como en ella venía siendo habitual, y aunque unos instantes le tomara, con recelo regresó a su anterior forma. Y así, de nuevo, de enfadada y anaranjada, volvió a retomar su paseo con su luz melancólica y dorada. Al cabo, las molestas nubes volvieron a rodearla como rodean una bandada de desvergonzados pajarillos al fiero depredador que yace dormido.

Y captada la advertencia, con las plumas erizadas regresé a mi vieja rama. Aquella dama, que siempre me resultó el ojo más vivo y amable de todas las noches, parecía aquella madrugada no sentir amor por nada. Ni siquiera por ella misma. Y por las calles del pueblo se paseó como se pasea un alma errante: sin rumbo fijo ni destino al que llegar. Yo la seguí observando a partir de entonces con el mismo grado de respeto que de admiración, cuidándome de volver a encender en el semblante de la luna una luz tan agria. Y así, la miraba sin necesidad de desplazarme de mi rama, pues, aunque su luz se alejara hasta perderse más allá de las descuadradas y desconchadas esquinas, con elegancia otra nueva bajaba desde el cielo para iniciar su camino junto a mi rama, y, haciendo el mismo recorrido que sus otras luces hermanas, pasearse por cada uno de los callejones. Recuerda que, siendo ella la luna, aunque su luz encontrara junto a mi rama y al final de la calle, si echaba la vista al punto exacto del cielo, allí arriba siempre podía encontrarla.

De repente, después de dadas varias vueltas, como quien se da por vencida, a su luz vi caer rendida en medio de la plaza mayor del pueblo, que, por supuesto, estaba vacía. Y juro por la más negra y hermosa de mis alisadas plumas que a la desdichada luna vi llorar. El cielo comenzó a inundarse de pequeños y pálidos puntos brillantes, que fugaces se desplomaban en cascada sobre los tejados igual que se desploma la lluvia al llorar una nube.

Aunque triste y desalentadora, aquella escena me pareció en verdad hermosa, tal vez por lo inaudita que resultaba para mis ojos. Un festival de delicadas luces que, aunque me inundaban el alma, al mismo tiempo me refrescaban del insoportable calor. Pero, a pesar de la hermosura, no podía pasar por alto que algo importante debía estar ocurriéndole a la luna. Entonces, volví a abandonar mi vieja rama, y a la luna, que sobre aquella plaza lloraba desconsolada, me acerqué. Y fue tanta la lástima que me inspiró la estampa de alguien que fue y ya ni siquiera parecía, que pensé, que a la luna, que en su infinita generosidad nos ilumina las noches con sus luces más hermosas sin esperar nada a cambio, debía devolverle el favor. Y puesto que no me hablaba, puesto que no me decía qué cosa era aquello que quería o necesitaba, regresé a mi vieja rama para rebuscar entre mis más preciadas posesiones, aquellas que como tesoros olvidados fui recolectando a lo largo de mis días, y ofrecérselas a la triste y melancólica luna e intentar así devolverle la alegría.

II

«¡Golondrinas!», pensé al contemplar todas y cada una de mis preciadas pertenencias. El calor debía estar provocando un serio desajuste en mi cabeza y mudando sin reemplazo las negras plumas de mi corazón. Y es que yo, que con tanto cariño las rescaté y con tanto recelo siempre las había guardado, me veía entonces deliberando a cuál de ellas sacrificaría, sin importar su valor, y la usaría como ofrenda para alegrar a la triste luna. Y así le llevé una nuez quebrada que en aquella misma plaza a un hombre vi arrojar al suelo después de haberla sacado de una bolsa repleta de otras nueces, todas estas enteras y cerradas. Le llevé también una hermosa concha marina que un pequeño crustáceo dejara por otra de mayor tamaño junto a la ribera del mar; y unas cuantas plumas de colores vivos y hermosos que a unas aves de paso, un día se le desprendieron al reiniciar su vuelo. Y de este modo, cada una de ellas se las ofrecí:

—Acepta, oh, Luna, viajera de belleza incontestable, estas joyas que te ofrezco. Joyas que de entre todas las que conforman mis pertenencias, por mí, y por aquellos que conforman mi misma especie, son bien preciadas. Y quién sabe si algún día pudieran serte de utilidad.

Pero la luna, que ante mí continuaba con su silencioso llanto, ni siquiera se volvió para mirarlas.

—¡Golondrinas! —me dije sorprendido una vez más, al ver que la luna no quería hacerme caso. Y, de vuelta a mi rama, me llevé esos tesoros.

Pensé entonces en traerle algunos objetos más cautivadores a la vista, por ser tan brillantes como ella misma. Y rebuscando encontré, y así le llevé, una bonita sortija plateada que a un joven apenado vi arrojar al mar desde la muralla, y que las amables rocas desnudas más tarde me entregaran. Le llevé también un gancho de aquellos que los viejos marinos utilizan para ensartar peces de hermosas y relucientes escamas, y que, solitario, desprendido del resto de su aparejo, entre muchos otros residuos encontré. Le ofrecí, además, un zarcillo al que le colgaba una preciosa piedra, tan pura como la plata que acostumbraba a vestir la propia luna y que, desatendido, hallé junto a la ventana abierta de una casa. Y de este modo, cada una de ellas se las ofrecí:

—Acepta, pues, oh, Luna, hermosa visitante de luz inconfundible, estos objetos brillantes que, sin duda alguna, quieren brillar como lo haces tú. Acéptalos, y quién sabe si algún día podrían serte de utilidad. Tal vez puedan ayudarte a recordar tu propio brillo en los momentos más grises que tengas.

Pero, tonto de mí, no fue hasta que dije esas palabras que comprendí que a la luna, con brillos falsos no se la impresionaba. Y, claro está, esta ni siquiera cesó su llanto ni se volvió para mirarlos.

—¡Golondrinas! —exclamé una vez más al sentirme tan inútil. Y me llevé esos tesoros de vuelta al hueco del árbol donde los ocultaba.

«Al menos lo he intentado», pensé.

Pero al dejarlos junto al resto del botín, de casualidad, di, de entre todos ellos, con una pequeña figura humana, una muñeca, como los niños del pueblo a menudo las llaman. Hacía no muchos años, una descuidada niña muy pequeña, de pelo claro, rostro vivo y sonrojado y mejillas manchadas, en el parque donde vivo, la dejó olvidada. Cuando a la muñeca vi despreciada sobre la hierba, hacia ella batí mis alas y la auxilié. Lucía toda sucia y despeinada, despojada de su ropa y con su cuerpo de plástico todo pintorreado. Sin duda, había sido abandonada. Así que me la llevé. Unos instantes más tarde, a aquella niña vi regresar junto a su madre al lugar donde la dejó, pero la muñeca ya se encontraba a buen recaudo. La caprichosa niña no podía dejar de llorar; parecía no ser capaz de sofocar su llanto. —¡Golondrinas! ¡Cuánto lloraba!—. Pero ni siquiera escuchando su desconsolado llanto, por la niña sentí remordimiento, pues, a decir verdad, llorar es lo único que hacen los humanos cuando son tan pequeños. Y no, no sentí remordimiento, porque fue ese llanto lo que me hizo comprender el valor que aquella simple muñeca podría tener. Y decidí quedármela, pensando que, quizás, algún día podría serme de utilidad.

Y, de este modo, se la ofrecí a la luna:

—Acepta, oh, Luna, este último obsequio que tengo para ofrecerte como señal de mi más sincera voluntad de socorrerte en tu tristeza. Con ella, una niña cualquiera perdió un día su paz y su alegría. Quizás, a ti te ayude a recuperar la tuya. Y quién sabe, oh, Luna, si en algún otro momento, de nuevo la puedas necesitar.

Pero, como ocurrió con los intentos anteriores, la luna ni siquiera se volvió para mirar la muñeca. No detuvo su llanto, pues el cielo continuaba llorando estrellas. Ni siquiera por mis sinceras intenciones de buscarle consuelo me dio las gracias. Ni una sola palabra dijo.

—Golondrinas —exclamé de nuevo, rascándome la cabeza con la pluma más alargada y sobresaliente de mi ala izquierda. Y, dándome por vencido, de vuelta llevé la muñeca a la vieja rama, junto al resto de mis preciosas posesiones.

Puesto que ya no sabía qué más podía hacer un simple pajarraco por ella, sentí la necesidad de hablarle una vez más; una última vez antes de darme por vencido y regresar a mi vieja rama para lo que restaba de noche. Y, con una sobreactuada seguridad en mis palabras, a la luna dije:

—Siento no haber sabido encontrar la manera de aliviarte esa pena. Por eso, si así lo consideras oportuno, hazme saber, oh, Luna, tú que lo poco que tienes lo regalas cada noche, aquello que tanto anhelas y que por estas oscuras y olvidadas calles andas buscando.

Y tras mi sencilla solicitud, la melancólica y triste luna, al fin, me respondió:

—Ando buscando una mirada, una mirada y un poco de cercanía. Tan solo eso.

Y su voz, tan hermosa que resultó mágica, para mis oídos no fue perceptible, pues sin sonido alguno logró expresar lo que dijo. Fue tal la nitidez y la certeza con la que vi titilar su hermosa luz, llena toda ella de colores distintos, que mis ojos supieron entenderlo todo. Colores que, sustituyendo a la triste lluvia de estrellas, de luz cubrieron el oscuro cielo, y sobre mi cabeza comenzaron a caer. Sin importar el significado de sus palabras, igual que una diosa de voz alada, me extasiaba y sanaba como extasía y sana la pluma que suavemente recorre una insoportable picazón.

—¿Una mirada y un poco de cercanía? ¿Tan solo eso? Déjame pues, Luna, que yo te ofrezca las mías —le dije con voz suave y sorprendentemente segura, mirándola a los ojos sin parpadear. Y mientras hablaba, podía sentir cómo las palabras salían por sí solas del cerco de mi boca, sin necesidad siquiera de ser formuladas y arrejuntadas todas ellas previamente en mi cabeza.

Y tras haberme envuelto y abrazado con su silenciosa voz, juro que, en aquel preciso momento, por ella hubiese sido capaz de despojarme una a una hasta de la última de mis plumas, si así me lo hubiese pedido. Pero en su particular y embriagadora lengua de luces me respondió de nuevo. Y, sin siquiera mirarme, dijo que mi mirada y mi cercanía nada tenían de especial; que mi mirada era distante y lejana, y que mi cercanía era desconfiada y asustadiza; que nada veía en mí de diferente a todo cuanto ya había visto en los demás.

Sin más, la luna, desconsolada, irguió su luz. Ella continuó su camino, y allí, con la sensación de estar embriagado y todo extasiado por los colores de su voz, me quedé yo, en la vacía plaza del pueblo. Y de esta forma llegó a su fin la madrugada. El guardián del día, aquel al que llaman Sol, prendió desde bien temprano la llama de la mañana y comenzó a barrer de oscuridad las calles del pueblo. Con él, la luna diluyó su todavía melancólica y dorada luz; tal vez, marchándose al otro lado del mundo a buscar aquella simple mirada y esa cercanía que por estas calles no había podido encontrar o, tal vez, exhausta, se fuera, simplemente a descansar sobre la inalcanzable rama del eterno árbol que, invisible, crece y crece, y en la noche envuelve de oscuridad todo el cielo.

III

Después de un largo día, día igual de caluroso que el anterior, que avanzó como avanza una serpiente de longitudes infinitas recién alimentada, regresó la noche y, junto a ella, la luna volvió a merodear por las calles del pueblo. Y, aunque en un principio me alivió el alma verla de nuevo desnuda y plateada, como siempre debería vérsele brillar en el cielo, rápidamente se tornó melancólica y las molestas nubes volvieron a merodearla. Y verla de esa guisa trajo a mi alma de vuelta la preocupación por ella.

Así fue durante un par de calurosas noches al menos: cuando todos ya dormían, la luna recorría las mismas calles y plazas una y otra vez, como una señora de cabeza demenciada que registra sin descanso los mismos cajones y armarios, intentando recordar aquello que anda buscando. Y yo, a veces, iba tras ella con sigilosos aleteos, simplemente observando.

Las calles de este pueblo olvidado están todas llenas de casucas; las casucas de ventanas; las ventanas, cada una de ellas, con historias que, sin duda alguna, merecerían la pena ser contadas. Y en todas ellas iba y se asomaba la luna. Pero, a esas horas, todo en el interior de aquellas ventanas estaba apagado y dormido, u oculto tras la tela de unas cortinas. Y no fue hasta al cabo de un rato, en una de las callejuelas más humildes del pueblo, que de un viejo ventanuco se advirtió una luz cálida y titilante. La única ventana que a esas horas de la noche permanecía despierta, de la luna debió captar la atención, pues, con sus habituales y silenciosos movimientos, la vi asomar en ella sus rayos más curiosos.

Y estando, en verdad, posada en una de sus inalcanzables ramas del cielo, que es su lugar más natural, del pretil de la ventana la vi pender con graciosa elegancia los tenues rayos de su melancólica luz dorada.

Allí permaneció aquella por un rato, clandestina. La luna parecía observar con detenimiento lo que la ventana guardaba en su interior; y yo, por acompañarla, decidí descansar mis alas junto a ella. Sin embargo, mi presencia, por más cercana que a ella pretendiera ser, para la luna pasó desapercibida. Y aún hoy me sorprende recordar que lo que para cualquiera resultaría una escena simple y cotidiana, en la luna despertara tamaña curiosidad. Cuatro paredes de piedra vieja y desnuda levantaban una sala sencilla. Muy humilde era, sí, pero, limpio y ordenado, todo parecía estar en su sitio. Todo allí resultaba viejo, es cierto, pero nada parecía abandonado. Tal vez fuera esa la razón por la que en mí no despertara aquella escena mayor interés.

Sobre un lecho bien pequeño yacía una niña de piel pálida, todavía más pequeña. Junto a ella, sentado, un hombre de barba poblada y bien aseada la custodiaba, le hablaba con una voz pausada que, en la distancia al menos, resultaba agradable, y con ternura le sujetaba ambas manos. Tal y como todo descansaba en esa habitación, los libros, las estanterías, los contados juguetes y la ropa de la que la chiquilla disponía, reflejaba cariño y dedicación.

El hombre, de apariencia serena, miraba a la pequeña sin descanso. Sus ojos hablaban de todo ese amor que las palabras, por ser estas, en ocasiones, tan inexactas e incompletas, no pueden expresar. En ellos se veía además cierta incertidumbre, se descifraba temor de algún tipo, y podía captarse el cansancio de quien anda soportando una continua angustia. Sin embargo, aunque sus ojos me hablaran de fragilidad y hartazgo, por otro lado, también me hablaban de infinitos, y de devoción por la pequeña que a su lado yacía. Tal era la mirada de aquel hombre; así de humana y desconcertante; así de cercana y verdadera.

A pesar del calor, que como un pesado manto se sentía caer sobre el pueblo, en el interior de la sala una chimenea mantenía vivas y crepitantes sus brasas, haciendo bailar vivas las sombras que ella misma dibujaba sobre el suelo y las paredes. Y cuanto más vivas se movían las sombras, mayor parecía ser el calor en el interior de aquella habitación. La pálida frente de la chiquilla desprendía con incesante perseverancia grandes gotas de sudor, que lentamente resbalaban por su piel y su dorado cabello, hasta dejar empapada la almohada sobre la que descansaba su cabeza. El hombre, que también se veía sudar, enjugaba el rostro de su pequeña con un bonito pañuelo de tela blanca que luego colocaba junto a ella, bajo la almohada. La niña debía estar muerta de calor, más en una noche de altas temperaturas, más con la chimenea encendida. Sin embargo, veía tiritar su cuerpo como si el propio hielo la estuviera abrazando.

El hombre no dejaba de hablar. Parecía estar contándole a la pequeña alguna historia que, en un principio, por falta de atención, yo no logré descifrar. Él miraba con tal atención a la chiquilla, que ni siquiera se percató de mi presencia ni de la de la luna al otro lado de la ventana. La luna, por su parte, contemplaba a ambos; yo, por la mía, la miraba a ella, pues de repente la vi lucir distinta. Sobre el antepecho del ventanuco, al igual que en lo más alto del cielo, había dejado de mostrarse como una perfecta perla dorada, para exhibirse como una enorme sonrisa apaciblemente recostada. Y juro que la vi balancearse. Y tintineaba silenciosa y toda hermosa, de la misma manera que cuando me habló. Pero, si hablando estaba, esta vez mis ojos no entendieron una sola palabra de lo que decía, ni mi alma, por encanto de su luz, volvió a sentirse extasiada.

El hombre, que de la orilla de la cama no se movió en un largo rato, contaba historias que a la pequeña ayudaban a coger el sueño. Oír su voz aterciopelada, la del hombre, era como oír las suaves embestidas de las olas del mar que, sin esfuerzo, mueren en la playa bajo el fondo de un crespúsculo en llamas. Así de dulce era como hablaba a su hija. A ratos, se callaba, se acercaba a sus labios las diminutas manos de la pequeña y, con la boca abierta, exhalaba sobre ellos. Luego, las frotaba con delicadeza, y, acto seguido, continuaba con las historias.

Y al ver a la luna tan ensimismada, por momentos, yo también presté atención a las palabras del hombre. Y, escuchando sus historias, pude oír que una de ellas, la que relataba en ese preciso momento, hablaba de una valiente niña. Junto a ella, se mencionaba una luna, que, en lo más alto del lejano y oscuro cielo, sola se sentía; sola y apartada, olvidada por el resto de luces, que, aunque hermosas y brillantes, no eran más que el simple recuerdo de aquello que un día fueron. Y la luna, que temerosa se sentía de volverse así algún día, fue consumiendo poco a poco toda esa alegría y belleza que su luz siempre albergó. Contaba el hombre a la chiquilla que tan débil llegó a sentirse una noche la luna, que, igual que una manzana demasiado madura se desprende del manzano, se desprendió del cielo. Aquella valiente niña, la de aquella historia, que sola sentía su alma desde que un monstruo le arrebatara aquello que más quería, a la luna, que sobre el tejado de una casa sucia y oscura se encontraba, vio sollozar.

Y de esta manera, con su envolvente forma de contar, prosiguió el hombre con la historia:

—Luna. Eh, Luna. ¿Por qué te encuentro tan triste? —preguntó la valiente niña, llevándose las manos en forma de embudo a la boca para hacerse oír mejor.

—Por estar tan débil y asustada me he caído de lo más alto del cielo —respondió desde el tejado la luna, con voz casi quebrada. Y siguió—. Y por esa misma razón, yo sola no puedo regresar.

La valiente niña, que por la luna sintió lástima, tuvo que pensar rápidamente en un plan. Y así fue que le propuso lo siguiente:

—Si no te quedan fuerzas suficientes para subir tan alto, dime: ¿tienes, al menos, fuerzas para trepar hasta mi ventana?

La luna, aceptando de buena gana la amable sugerencia de la valiente niña, rodó con suavidad tejado abajo y, con la misma gracia con la que desciende un pez hasta las profundidades del mar, aterrizó en el suelo. Y estando ya bajo la ventana de la valiente niña, con sus manos grises y doradas, la luna comenzó a trepar ladrillo a ladrillo, y por las tuberías de la pared también. La valiente niña la miraba con inquietud. Tenía miedo de que un paso en falso a la luna hiciera caer y romperse contra el suelo, como se rompería una bombilla al caer de una farola bien alta.

—Pero no te preocupes —apuntilló el padre, haciendo un alto en su relato y mostrando una sonrisa cómplice a su pequeña—, pues la luna no es una bombilla, ¿verdad? La luna no se puede romper. La pequeña, aun estando tan cansada, pero todavía atenta a las palabras de su padre, le devolvió la sonrisa

—Juntas —prosiguió el hombre con su singular narración—, la valiente niña y la luna, jugaron hasta casi iniciado el día, cuando el sol de su letargo comenzaba a despertar. Fue entonces que la luna se dio cuenta de que regresar al cielo en verdad no quería. Pero en la vida hay normas que, por más que queramos, no se pueden cambiar. Para consolarla, la valiente niña le manifestó que cada noche sería bien recibida en su habitación si así lo quería. Dicho esto, ¿sabes lo que hizo? La valiente niña acurrucó a la luna entre sus pequeñas manos y, como quien sopla un diente de león, con delicadeza a la luna aventó por la ventana.

La luna, me refiero a la real, no movía un solo rayo de su luz, atenta a la estampa de aquella sala, atenta a cada palabra que aquel hombre a su pequeña hablaba.

—En su camino de vuelta al firmamento —continuó el hombre—, una enorme estela de colores brillantes la luna dejó. Colores brillantes y hermosos que, como un sendero en el pasto recién cortado, perduraron vivos hasta que el sol encendió la mañana. Piensa —siguió diciendo— que por más que sobre el oscuro cielo a la luna veas brillar con fuerza, más grande es la soledad a la que para siempre estará condenada. Por eso, después de aquella noche primera, la luna bajó cada madrugada en busca de la compañía de su joven y valiente amiga. Pero es cierto que cuanto más rato pasaban juntas, más doloroso le resultaba a la luna regresar a su soledad. Y tal era la tristeza que aquella reflejaba, que a la valiente niña le dolía en el alma ver la expresión cada vez más desconsolada de la luna. Así pues, una noche, para nunca más verla triste, la valiente niña se ofreció a acompañarla: «déjame ir contigo, Luna», propuso la valiente niña, «me gustaría ver el lugar donde vives». «Pero a mi sitio, pequeña, no se puede llegar caminando», respondió entonces la luna. «¿Y cómo lo hago entonces?», insistió la valiente niña. «Para hacerlo tienes que soñar. Si de verdad quieres venir conmigo, lánzame ahora mismo de un soplido por la ventana, como haces cada noche». Y así, la valiente niña, a la luna aventó de nuevo por la ventana. Ya desde el aire, con un suave toque de luz, la luna sumió a la valiente niña en un profundo sueño. Para cuando despertó, la valiente niña se sentía como un joven pajarillo que abandona por primera vez el nido donde nació. Se sentía despojada de todo cuanto sus pies ataban. Para cuando despertó, se encontraba de nuevo junto a la luna, sobrevolando un hermoso sendero de colores, parecido al mismísimo arcoíris. Los colores salpicaban su rostro, llenaban sus manos y manchaban su pijama, como las olas del mar salpican al viejo marino. Los colores se mezclaban unos con otros a toda prisa, pues a toda prisa volaban la luna y la valiente niña, hasta que juntas llegaron a lo más alto del cielo; el lugar más mágico y hermoso que la valiente niña había visto jamás. Mira —volvió a dirigirse ahora el padre a su pequeña—. Tan mágico y hermoso resultaba aquel sitio, que la valiente niña se encontró allí con todo cuanto había echado de menos. Tan mágico y hermoso le resultó, que, después de haberlo visto, a su habitación ya nunca quiso regresar. Y es por eso que, desde esa misma noche, brillan juntas en el cielo, la luna y la valiente niña, como si de una única luz se tratasen.

—Papi, dime, ¿cómo se llamaba la valiente niña? —preguntó la pequeña con la voz amortiguada y los ojos casi vencidos por el peso del sueño.

El hombre permaneció callado unos instantes, pensativo. De sus ojos vi desprenderse una lágrima silenciosa que bien podría haberse confundido con alguna gota de sudor. La lágrima recorrió lentamente su mejilla hasta morir ahogada en su perfilada barba.

—Llamémosla Lucero. ¿Qué te parece? —respondió no sin dificultad.

—Papi, la valiente niña se llama casi igual que yo —dijo la pequeña, sonriente. Y con esa misma expresión de serenidad e inocencia se quedó dormida.

Antes de que cayera rendida, con los ojos ya cerrados, a la pequeña vi alzar la mano hasta la mejilla del hombre. Sus dedos, que, cual si fueran controlados por una tierna costumbre, se enredaban en la poblada pero arreglada barba de su padre, con dulzura le acariciaron la cara. El padre apretó entonces la mano de su pequeña contra su propia mejilla y, con expresión de dolor, le vi cerrar los ojos como quien implora un milagro que parase el tiempo en aquel preciso momento.

Con su pequeña ya dormida, el hombre se levantó de la cama, lanzó uno de esos suspiros que desanudan el alma, se arregló ligeramente la barba, se ajustó la camisa blanca por dentro del pantalón con un rápido juego de manos y, en silencio, abandonó la habitación. Sin mediar palabra, como en ella era habitual, la luna, con su fluidez característica, regresó a descansar a su inalcanzable rama del cielo, donde en realidad siempre estuvo. Yo, sin más nada que hacer, volví entonces a la mía. Y allí, con la chimenea aún crepitante y las sombras danzantes cual reflejos opuestos a la quietud que expresaba el lugar, incluso con el sofocante calor de aquella noche, a la chiquilla dejé plácidamente dormida.

Y por varias noches con la luna me cité sin falta en el pretil de aquel ventanuco. Ya no deambulaba errante por las calles del pueblo ni se la veía rebuscando por esquinas y rincones. Ya no lo necesitaba. Incluso aquellas exasperantes nubes dejaron de importunarla. La luna parecía haber encontrado en la intimidad de aquella habitación eso que tanto anhelaba. Y de muchas formas y de colores distintos, por momentos, la vi lucir: a veces se la veía como una enorme sonrisa o como una bola de queso mordisqueada; otras tantas, como orgullosa, deslumbraba llena y plateada. Sin embargo, y no sé muy bien por qué, fueron las veces que la veía lucir dorada y melancólica, que intuí que la luna no se conformaría por mucho tiempo con ser una mera observadora de aquella enternecedora escena entre un padre y su hija.

IV

Las noches se sucedieron del mismo modo que el tac de las manecillas de un reloj siempre sucede al tic; exactamente igual que se suceden los parpadeos e igual que, una tras otra, se suceden las páginas de un libro en blanco. Todo venía ocurriendo igual. En mi esquinita del pretil, a veces, yo esperaba la llegada de la luna; otras, para cuando yo llegaba, ella ya se encontraba allí. La mayoría de las veces ni siquiera le dirigía una sola palabra —no hacía falta, pues sabía que ella no me respondería—. Aun así, allí acudía feliz. Me bastaba con contemplarla de cerca. Y, de paso, también me distraía observando, al menos durante un rato, lo poco o nada que ocurría en el interior de la habitación. Verla de cualquier forma aligeraba mi alma. Por eso, y simplemente por eso, al principio seguí acudiendo.

El hombre, que reflejaba un ánimo cada vez más derretido, continuaba contando cuentos para dormir a su pequeña. Para entonces, yo había comprendido que el cuento que realmente le interesaba a la más hermosa y brillante acompañante que yo jamás llegué a tener era aquel que hablaba de la valiente niña y la solitaria luna. Y, para su suerte, era el que a menudo la chiquilla pedía a su padre que le contara. Y, aunque en verdad eran cuentos hermosos todos los que el hombre relataba, pues todos parecían haber sido hechos con amor para su pequeña, no podía entender el interés que en la luna despertaban unas simples palabras. Es por eso por lo que, una de esas noches, con verdadera curiosidad, a la luna le pregunté:

—¿Cómo puede ser que te encandilen tanto los reiterados cuentos contados por la cansada voz de un hombre, un hombre sin más, a ti, que desde tu privilegiada e inalcanzable rama habrás presenciado ya historias que aún no han tenido tiempo de ser contadas?

Pero, como venía siendo habitual, esta ni siquiera hizo gesto de haber escuchado mi mi pregunta. Con cada uno de sus rayos inmersos en lo que ocurría en la habitación, de la luna no brotó respuesta alguna.

Y fue una de esas noches, una de esas que parecía que al fin iba a terminar como las anteriores, que ocurrió lo que yo ya presentía que en algún momento ocurriría: cuando el hombre, ya exhausto, se enderezó, se ajustó la barba sobre las mejillas y la camisa dentro del pantalón, y dejó a la chiquilla dormitada en la habitación encendida, la luna decidió dar un giro a nuestra nocturna rutina. Con su característico descaro, se atrevió a deslizar su luz descalza a través del ventanuco, no sé si con la intención de llevarse a la pequeña a ese edénico lugar al que el hombre tantas veces hizo referencia en su cuento.

Intenté detenerla. Con un graznido fuerte y seco, quise advertirle que los cuentos son simplemente eso, cuentos; que no había que atender al significado de las palabras como si estas hubiesen sido talladas en piedra; y que, siendo cuentos, cuentos debían seguir siendo. Pero la luna, capaz de desafiar las reglas impuestas por el propio sol, dejándose ver en ocasiones incluso cuando no le pertenece, no iba a cambiar entonces para hacer caso a mis simples palabras.

Igual que un cisne se pasea por un canal, con esa misma elegancia se aproximó la luna a la chiquilla. Y fue solo cuando sintió el deslumbrante brillo bien cerca de su rostro, que esta abrió sus pesados párpados y se vio sorprendida por la presencia de una hermosa esfera encendida que junto a ella levitaba. Con esfuerzo, la pequeña se incorporó. Solo unos instantes me bastaron para traducir todo lo que eran capaces de transmitir sus ojos: estos, aunque del color del cielo diurno, me resultaron apagados, vacíos, casi por completo, de toda la lozanía que algún día desbordaron; los rodeaban unas ensombrecidas cuencas que ni la cercana luz de la luna era capaz de combatir. Viéndola de pie y mirándola a la cara, siendo aún tan joven, la chiquilla parecía lucir la salud de una vela que, sin haber tenido tiempo para verse prendida, su pabilo se encuentra ya a medio consumir. Y viéndola de pie, frente a la luz de luna, me inspiró ternura ver sus graciosos pómulos y pálidas mejillas de pecas salpicadas.

Despacio, pero con aparente seguridad, la pequeña se aproximó a la luna. Y, con esa confianza que rápidamente tienden a alcanzar los humanos más jóvenes, la niña le acarició con delicadeza su cara más oculta.

—¡Pero si eres ella! —dijeron sus pequeños labios de jazmín—. ¡Eres la luna de la que papi me habla en el cuento!

Yo, por supuesto, continuaba fuera, pues para mí la ventana siempre permaneció cerrada; pero claro que, atentamente, a las dos seguí observando. Y la luna a la pequeña debía estar hablando, pues su luz veía titilar con la misma gracia y el mismo ritmo acelerado con el que atropelladas salen las palabras de la boca de una chiquilla cuando por algo se entusiasma. Y, aunque mis ojos nada pudieron entender en aquella ocasión, y entonces no fuera capaz de sentir lo mismo que cuando la luna a mí me habló, a la niña vi sonreír. Sin duda alguna, aquella era una estampa para recordar.

La chiquilla, que era en verdad pequeña y joven de edad, pero que el cruel tiempo tan pronto la había hecho lucir cual anciana, volvía a verse por unos instantes alegre y viva. Por su parte, a la luna, que millonaria era en años acumulados, se la veía como una niña pequeña y caprichosa que no sabe, o simplemente no quiere, dejar apartada su danza lúdica.

—Me llamo Lucía —se presentó la pequeña, con voz tierna, como si anduviera respondiendo a alguna pregunta de la luna. Yo no sé qué más le diría aquella.

Lucía le mostró entonces los que, imagino, serían sus preciados tesoros, esos que con visible dedicación y cuidado descansaban en los márgenes de la habitación. Así, le enseñó algunos dibujos de colores distintos y llamativos que colgaban de la pared. En ellos podía verse a una niña, tal vez ella misma, que, junto a un hombre y una mujer, sujetaba con ambas manos lo que parecía un pequeño monigote. Le enseñó también los innumerables libros de cuentos que descansaban en su ordenada biblioteca. Le enseñó sus contados pero preciosos vestidos e, incluso, llegó a probarse alguno para la luna. Y por un rato dejó que la curiosa luna se pasease a su antojo por la pequeña habitación. Le permitió ver de cerca las fotografías que descansaban sobre la chimenea, fotografías que yo, por la distancia a la que me mantenía de la ventana y el propio reflejo de la luna que sobre ellas se plasmaba, y que a mis ojos deslumbraba, no alcanzaba a distinguir con claridad. Aunque sí logré intuir, no sin esfuerzo, en alguna de ellas al hombre, el padre de la pequeña, solo, con su poblada barba cubriéndole parte del rostro en una fotografía de rezumada sobriedad. Y también, en otra, a una Lucía muy pequeña, con algún juguete entre las manos; y, junto a ella, a una mujer.

—Esa es mi mamá —explicó la niña—. Ya no está con nosotros. Papá dice que tuvo que marcharse —dijo de nuevo, con acostumbrada tristeza en sus palabras.

La luna parecía examinar con minuciosidad aquellas fotografías. Su luz etérea recorría cada surco y cada grieta, y repasaba con dedicación cada silueta que aparecía impresa sobre el viejo papel. Algo debía andar buscando. Sin duda, algo en ellas llamó su atención. Y cuando ya satisfizo su interés en las fotografías, ambas jugaron. Y mientras las veía jugar, igual que ya hiciera con las fotografías, me dio la sensación de que la luna escaneaba también los delicados manierismos de la pequeña: sus rayos parecían calcar cada sonrisa, cada gesto, cada movimiento de Lucía con la misma sutilidad que el pincel experto derrama sobre un lienzo blanco. Y cuando se cansaron de jugar, la luna quiso algo más. En su lengua de luces pareció incitar a Lucía a leerle algunos de aquellos cuentos, pues tras verla titilar del mismo modo que titila cuando habla, la pequeña se dirigió sin más a la estantería y tomó algunos de esos libros, tal vez sus favoritos.

Juntas se sentaron al borde de la cama. La pequeña Lucía, igual de pálida y cansada que siempre; la luna, más llena y reluciente que nunca. Y empezó a leer. Pero pronto pude advertir, desde el otro lado de la ventana, que poco le interesaban a la luna las historias de aventuras, de animales fantásticos, de hechiceros, brujas y princesas si en ninguna de sus líneas los cuentos hablaban de ella. Con un intenso resplandor, que hasta a la propia hoguera pareció intimidar, a Lucía cortó la lectura.

—Está bien. Está bien. Tranquila. Tengo otros —dijo la pequeña con voz calmante.

Libro tras libro, probó Lucía, pero de la primera página no podía pasar sin que la luna la cegara con un fuerte destello plateado.

—Pues ya no me quedan más libros que leerte, Luna —dijo la pequeña, luciendo una mueca de frustración en su cada vez más cansado rostro—. Bueno —continuó como si de repente un recuerdo hubiese saltado a la luz en su cabeza—. Tal vez te guste uno de los cuentos que papi me cuenta antes de dormir. Sí. Te contaré ese que habla de una valiente niña y de una hermosa luna que viene a visitarla.

Así, la pequeña comenzó entonces a contarle, como mejor supo, aquella misma historia, historia que la luna ya no interrumpió. Si la chiquilla no la contó mil veces aquella noche, no la contó ninguna. Y cada vez que la contaba, más orgullosa, más grande y más brillante se volvía la luna.

Y cuando Lucía no pudo seguir contando, por estar tan cansada que las palabras ya no eran capaces de escapar de su garganta, rendida quedó en la cama.

Y con la pequeña ya dormida, a la luna no le quedaba mucho más por hacer allí. Con un suave rayo de luz plateada, la luna acarició la pálida y humedecida mejilla de Lucía, como la propia niña acostumbraba a hacer, y descalza deslizó su luz de vuelta por la ventana. De mí pasó de largo, sin siquiera despeinar mis plumas. Como si yo no existiera.

Como una enorme y orgullosa esfera plateada la luna regresó a una de sus inalcanzables ramas, donde, por otra parte, siempre estuvo en realidad. Y con la luna ya marchada, poco o nada me quedaba por hacer allí. Así pues, yo también me marché a mi rama de siempre. Sentía ya la necesidad de dar descanso a mis plumas. Posado en mi rama, asomé la cabeza por el hueco oculto del árbol donde seguros dejo descansar mis tesoros. Los admiré y reconté varias veces para calmar la angustia que en mi alma crece cuando no los veo. Y sin más, dormí el resto de la noche, hasta bien entrada la mañana del día siguiente.

V

Desde aquella noche, la luna aguardó pacientemente a que la dormitada niña acariciara con mimos la mejilla de su cansado padre, a que este se ajustara la barba sobre la cara, la camisa blanca e impoluta por dentro del pantalón, y se marchara luego a descansar él mismo, para atravesar el vidrio del ventanuco y traer a la niña de vuelta de su necesitado sueño. Ante Lucía se mostraba siempre con luz plateada; unas veces llena, otras cual rodaja de la naranja más dulce. Mirando a la niña y a la luna jugar, no dejaba de sorprenderme ver cómo, a pesar del calor que hacía fuera, y del calor que emanaba de aquella sala, a las siempre prendidas llamas de la chimenea, la pequeña Lucía por momentos se acercaba, pareciera que con la necesidad de calentar sus frías manos. Y aunque es cierto que se la veía débil de movimientos y su rostro se volvía por noche más pálido, más que los claros tirabuzones que colgaban de su cabello, estaba claro que a la pequeña le encantaba que la luna fuera a visitarla. Su padre, que tal vez por sí mismo advirtiera, o tal vez por palabras de la propia Lucía se enterara de lo que en aquella habitación en las noches acontecía, a esta dispuso en reiteradas ocasiones, y con actitud seria, que de cansarse demasiado se debía cuidar. Aun así, siempre que la luna a Lucía visitaba, hasta bien entrada la madrugada, en la habitación ambas jugaban sin parar. Su cuerpo, el de la niña, era el único reloj que atendían, pues tan solo se despedían cuando este ya no podía aguantar más.

Durante dieciséis noches seguidas, las primeras y más calurosas noches del mes que pone fin al periodo estival, las vi juguetear juntas. Y cómo de exhausta debió acabar la pequeña aquella noche décimosexta, que sobre el suelo de la habitación cayó desplomada de la misma manera que del árbol cae desplomada la rama quebrada, de la rama la hoja seca, de la hoja seca la vida que antes reflejaba. Y no fue a acurrucarse en la cama como hacía cada noche; esa vez pareció no darle tiempo. Y viendo que la niña ya no quería despertar, a la luna poco o nada le quedaba por hacer allí. Así pues, con su rayo más tierno acarició la pecosa mejilla de la pequeña, mejilla que por la cada vez más ahogada lumbre de la chimenea desde el suelo seguía iluminada, y, silenciosa, abandonó la habitación.

Yo, que por alguna razón me sorprendió aquella escena, sobre el pretil de la ventana cerrada permanecí un buen rato, atento.

Al cabo, no sé cuánto exactamente, la puerta del cuarto vi abrirse con suma delicadeza. Claro, era el padre de Lucía, que asomaba la cabeza sin hacer ruido, tal vez para asegurarse de que su pequeña continuaba descansando. Pero tan pronto como se dejó ver por la habitación, su expresión cansada cambió por completo. Su niña descansaba, sí. Pero lo hacía sobre el suelo, con su sereno y apacible rostro, tan pálido como siempre, iluminado por los plateados rayos de la luna que, con afecto, tuvo a bien seguirla acariciando a través de la ventana. Y al ver que descansaba sobre el suelo y no sobre la cama, a toda prisa se acercó. Desde el pretil vi gritar a los ojos del cansado hombre mucho antes de que sus labios tuviesen tiempo siquiera de decir nada.

—Lucía, ¿qué haces en el suelo? Hija mía, despierta. ¡Vamos! —gritó nerviosa la voz del hombre, mientras sus ojos, salidos de sus cuencas, rebosaban miedo, miedo que acabó incluso por extinguir las agonizantes ascuas que para entonces en la chimenea restaban encendidas.

Tan graves y desesperados debieron resonar los alaridos que el hombre estuvo lanzando, que muchas de las ventanas vecinas también se despertaron. Desde el pretil donde me encontraba, a muchas de ellas vi encender su luz. Protegidas tras las vidrieras, algunas siluetas silenciadas por el mero interés de escuchar asomaban de estraperlo sus sentidos, pero, tal vez por la hora, ninguna de ellas debió sentirse tan interesada como para acercarse a prestar auxilio.

Con ambos brazos el hombre sujetaba a su pequeña; con una mano le vi peinar su rubio cabello. La llamaba. Pero la chiquilla jugó tanto aquella noche, y tan cansada debió en verdad haber acabado, que definitivamente no quiso despertar.

Con cuidado, la levantó del suelo como quien levanta una pesada urna hecha de frágil cristal. La recostó sobre la cama. Él se sentó sobre el mismo costado de siempre y fue entonces que al hombre vi mostrar los primeros signos de confusión, signos que se irían incrementando con el paso del tiempo: siendo un adulto ya crecido, pareció olvidar cómo los adultos debían comportarse e inició un llanto desconsolado, similar al de los humanos más pequeños. Por largo rato, no dejó de sollozar el nombre de su pequeña. «Lucía. Lucía», era lo único que su voz articulaba mientras sus ojos, rotos en lágrimas, la miraban. Lo vi agarrar la quieta mano de Lucía, acariciarse con ella la mejilla hasta despeinarse la barba; exactamente igual a como ella solía hacer siempre. Y, entre llantos y el nombre de su hija, juro que pude oír cómo se resquebrajaba el corazón de aquel desolado hombre.

Y como los minutos siguientes no fueron más que para los llantos y balbuceos del desconsolado padre, la luna, que de corazón andaba huérfana, dejó de iluminar la habitación y, sin decir nada, regresó a su inalcanzable rama del cielo. Yo, bueno, yo no sabía que más podía hacer por aquel hombre y su hija, así que decidí marcharme de vuelta a mi propia rama y respetar, al menos por aquella noche, la intimidad que aquella sala requería.

Aun así, cada noche seguí acudiendo sin falta a mi cita del pretil, ya no tanto por ese viejo interés que siempre tuve de verme con la solitaria luna, sino por uno nuevo que en mí había comenzado a despertar.

La chimenea apagada; la habitación, sobre todo cuando la luna no se pasaba, completamente a oscuras. A veces, el hombre seguía entrando en la sala, aunque a su pequeña ya no se la viera, y, como si preso anduviera de esa necesidad, tan ridícula y humana por otra parte, de recrearse en aquello que le produce dolor, a menudo prendía la chimenea y de falso calor inundaba la habitación para que las llamas llenaran las paredes de sombras y movimiento. Al hombre veía mirar aquellas sombras de igual modo que se mira cuando se busca algo; de igual forma que se mira cuando nada se encuentra. Y no en pocas ocasiones le oí contar esa historia, esa historia que cada noche contaba. Al menos, la comenzaba a contar, pues sus palabras rápidamente sonaban como si una angustia insoportable se le acumulase en la garganta, obligándole a detenerse. —Cuán dolorosas pueden ser a veces unas simples palabras—. Y aunque era evidente que el cuento contaba para sí mismo, lo hacía con los ojos clavados, en ocasiones, sobre la almohada; en otras, sobre las sombras de la pared, como si, desde alguna parte, Lucía lo fuese a escuchar.

Sorprendente me resultó, al menos las primeras veces, que, cuando el desolado padre iniciaba sus relatos, interesada acudía la luna desde su inalcanzable rama a tender sus rayos sobre el pretil del ventanuco. Pero tan pronto como el dolor obligaba al hombre a detener su relato y cerrar los ojos con aires de evidente sufrimiento, rápidamente parecía aquella perder su interés, y a lo más alto del cielo regresaba.

Los días se sucedieron así, tal cual he relatado, sin apenas variaciones. Ya pareció quedar claro que la pequeña no iba a regresar. La chimenea ya nunca volvió a prenderse, y, aunque todavía hacía un calor que por momentos seguía siendo insoportable, no miento si digo que más insoportable me resultaba la oscuridad y la helada desolación que por aquella ventana escapaba.

VI

Una noche, de esas que empiezan siendo parecidas a cualquier otra, decidí pasarme, al menos durante un rato, por el viejo ventanuco. Hacía cosa de un par de días que no veía al hombre ni pasearse por la calle, ni pasarse por la habitación. Lo mismo ocurría con la luna, que, de todas las ramas inalcanzables del árbol que crece hasta el cielo, estaba desaparecida. Y, de repente, justo cuando me disponía a volver a mi sitio de siempre, a mi vieja rama, al fin, se dejó ver. Y al verlo entrar así, tan de golpe, el hombre me pareció más confundido que nunca. La puerta no abrió con delicadeza, como acostumbraba a hacer siempre; tampoco entre sollozos, como venía haciendo ya por último. De alguna manera, era como si hubiese recuperado la habilidad de ser feliz —al menos, así lo vi yo—. Entró a la habitación acompañado de una risa atronadora, tarareando una melodía ridícula y baileoteando al mismo tiempo que caminaba con pasos torpes. Sus pies parecían trastabillarse a sí mismos, como si anduvieran peleando, como si siguieran instrucciones distintas, como si hablaran diferente idioma.

Aquel hombre triste, entonces alegre, abrazaba con los dedos de una de sus manos el cuello de una botella. Entre baileoteos, le vi dar una rápida vuelta a la habitación, antes de acabar sentándose al borde de la cama desierta. Inesperadamente, al menos para mí, pues es cierto que yo ya no la esperaba, como quien acude a una llamada, por allí se dejó ver también la luna. Apareció, y no movió un solo rayo de su luz; ni siquiera tuvo a bien el darme explicaciones de dónde había estado; simplemente volvió, y, atenta, se puso a observar al hombre. Yo, para no perder la costumbre, los observaba a los dos. Y, en el silencio y la penumbra de la habitación, el hombre al fin habló. Y sus palabras resultaron en un balbuceo, un murmullo encriptado que estoy seguro de que ni él mismo entendió.

Al cabo de un rato, el hombre, realizando esa clase de movimientos imprevisibles que el alcohol incita a los cuerpos de quienes en él se amparan, comenzó entonces a recitar la historia de la luna y la valiente niña, una vez más.

—Lucía. Oh, mi pequeña Lucía —se le oía intercalar, no en pocas ocasiones, entre las distintas oraciones del cuento, oraciones que, a menudo, acababan en susurros ahogados por falta de aliento y exceso de sentimientos.

Ambos, que le observábamos y escuchábamos desde el otro lado de la ventana, ya conocíamos de sobra la historia. Sin embargo, la luna, que de oírla nunca parecía cansarse, al escucharla de nuevo, comenzó a destellar como acostumbra a hacer cuando a alguien quiere dirigirse. Yo, que de sus palabras no logré traducir un simple fotón, imaginé entonces que, tal vez, al hombre se dirigía con la intención de consolar sus penas o, tal vez, simplemente para pedirle con descaro que de nuevo contara aquella historia, solo para ella. Yo le advertí que se detuviera, que se abstuviera de llamar la atención del hombre, o, al vernos ultrajando la intimidad de su ventana, de golpe y porrazo nos ahuyentaría. Pero ya sabía que la luna no atiende a más palabras que aquellas a las que quiere escuchar.

Así, al sentir el suave y plateado abrazo de la luz, el hombre, con un errático movimiento, dirigió la vista hacia la ventana. Y allí, digo yo que vería mi ensombrecida silueta y el descarado centelleo de la luna. El cruce de nuestros ojos me dejó paralizado. Por alguna razón no me atreví a agitar mis alas y alzar el vuelo. La vidriosa mirada del hombre se nos quedó clavada como una dura estocada; en mí, y me imagino que también en la luna, pues ella tampoco se marchó.

—¡Fuera de aquí! —gritó al cabo de unos instantes. Su mirada se había vuelto dura. De repente, el hombre pasó de verse unas veces alegre y otras triste, a encenderse en cólera—. ¡Largo de mi vista! ¡Tú! —continúo enfurecido—. ¡Tú, maldita ladrona y caprichosa! ¡Tú te la has llevado!

La voz del hombre, que siempre me había sonado agradable y serena, sonó en aquella ocasión como suena una garganta con cien agujas clavadas. Sin duda, su furia era solo contra la luna, pues por sus palabras comprendí que ni siquiera se había percatado de mi presencia. Y, como ya ocurriera en alguna ocasión anterior, las ventanas vecinas que despertaron, durante un rato se vieron encendidas, pero quietas y en silencio permanecieron.

—¡No volveré a mirarte, Luna! —continuó gritando— ¡Juro por lo que más he querido en este mundo que si he de caminar con la mirada clavada en el suelo para nunca más volver a verte, lo haré! ¡Fuera! ¡Largo de aquí!

Pero como ni la luna ni yo nos marchábamos, al finalizar su severa amenaza, a la luna, y a mí por hallarme junto a ella, lanzó la botella que a medio vaciar aún sostenía. La botella atravesó con intención el vidrio de la ventana, obligándome, entonces, a batir mis alas lo más rápido que pude.

—¡Golondrinas! —No pude hacer más que exclamar asustado, pues no esperaba tan exagerada y repentina reacción.

«Que menos mal que no acertó», pienso ahora cuando en mi cabeza recuerdo aquel entonces, pues, de los dos y por razones obvias, de recibir un fuerte golpe la luna era la única que siempre estuvo a salvo.

Y, habiendo ocultado mi negro plumaje en la oscuridad del callejón, me olvidé del confundido hombre, y me olvidé de la luna por aquella noche —al menos, esa quiso ser mi intención—. Sin embargo, de vuelta en mi vieja rama, y tras haber admirado y recontado mis preciadas posesiones, me sumergí en las continuas elucubraciones que, a menudo, me brinda la soledad. Y en esta misma me quedé pensando: ella, la soledad, que yo siempre la había percibido como un elemento de valor incalculable, como el tesoro de mi botín al que jamás renunciaría y que por nada en el mundo a nadie de esta tierra entregaría, del hombre confundido parecía estar alimentándose por dentro del mismo modo que se alimenta un parásito del cuerpo que lo hospeda. Y sin haber hecho nada, tan solo ser testigo de cuanto aconteció en el interior de aquella sala, en los recovecos de mi alma comenzó a germinar la semilla del remordimiento y la lástima, y, por alguna razón, del porvenir del confundido hombre me sentí a partir de entonces responsable.

VII

Intenté descansar lo que restaba de noche. Sin embargo, recuerdo que no pude pegar ojo.

Por esa misma lástima que me inspiraba el confundido hombre, saber cómo se encontraba en cada momento era algo que me inquietaba. Por esa razón, con cuidado, oculto como siempre en la protección de las sombras y la lejanía, continué pasándome por su ventana cada noche. Y en cada visita que le hice y que con él logré coincidir, pude ver cómo se iba pudriendo, agrietando, vaciando cual árbol que no acaba siendo más que un simple tronco hueco. Incluso la barba y la camisa, que siempre mantuvo limpias y arregladas, se acostumbraron a ir desaliñadas. Su aspecto, sin duda, resultaba abandonado y olvidado. En todo el tiempo que lo estuve siguiendo, tan solamente del aire y de la pena, lo vi alimentarse. Bueno, y también del licor que supuraba la botella.

Y así, las estaciones rodaron como rueda una roca redonda y robusta colina abajo. Los árboles renovaron sus hojas tantas veces como las épocas de calor y frío visitaron el pueblo. Los que eran niños se hicieron grandes y solo unos pocos de los que ya eran grandes soportaron la pesada carga de la edad. Y yo, al hombre cansado y confundido, ahora ya un anciano al que el tiempo le ha pasado por encima sin piedad, continué vigilándole cada movimiento, simplemente por costumbre. Sobre el mismo pretil del mismo ventanuco lo visitaba por las noches. Por el agujero de la ventana, el que nunca reparó, escapaba ya el hedor ese tan común de aquellos lugares que dejan de recibir amor. A eso olía.

A eso y a palomar. Y es que las sucias e irrespetuosas palomas habían hecho suya la habitación, habían anidado en los rincones y se habían adueñado también de las estanterías. Tan acostumbradas se volvieron a su nuevo sitio, que ya ni siquiera se asustaban cuando el anciano, de emociones confundidas, irrumpía en la sala cual huracán.

Yo, simplemente, me dediqué a observarlo. Vi como sus pies se arrastraban cada vez más y más, de tal manera que parecían estar empeñados en borrar a cada paso las baldosas y adoquines de las calles y las plazas del pueblo. Observé también cada uno de sus movimientos, de sus risas, de sus llantos… Oí todo aquello cuanto el anciano habló. Siguiéndolo por todas partes, me enteré de que se hacía llamar Fernando, aunque, a sus espaldas, los pueblerinos más rancios se referían a él como «el viudo», o como «el viejo loco». Su cuerpo se había consumido. Un buen trozo de piel le colgaba bajo el mentón como cuelga un calcetín usado tendido sobre un alambre; los afilados huesos de su cara sobresalían de tal manera que parecían atravesarle dolorosamente la piel, piel que, a su vez, se veía toda cubierta de líneas, de surcos que, de forma cruel, el tiempo había ido dibujando en ella. Su forma de caminar no dejaba de ser curiosa: este se tomó con tanta seriedad la amenaza que lanzara una noche a la luna, que, por no querer alzar la vista al cielo, su cuerpo se acostumbró a caminar como quien sigue un rastro de migas de pan. Caminaba con medio cuerpo inclinado hacia adelante, a veces hacia un lado; eso tan solo dependía de cuántos tragos llevara dados a la botella. Pero nunca, nunca, o en muy contadas ocasiones, le vi levantar la cabeza. Incluso durante las horas en las que más fuerte alumbraba el día, Fernando caminaba de esa guisa, pues fue una tarde, de esas tardes que nada tienen en verdad de extraordinario, que descubrió a la luna observándole clandestina desde lo alto del iluminado cielo, a plena luz del día.

Fue tal la magnitud de la cólera que en plena calle se apoderó de él, al creer que incluso el día estaba en su contra, que los vecinos que lo vieron comenzaron a tomarlo por un enajenado, un hombre de carácter turbulento y peligroso.

Y, bueno, en un pueblo tan pequeño, las palabras, y los chismes que estas forman, vuelan tan ágiles a lomos del viento que ligeras aterrizan en los oídos de quienes a su paso se cruzan. Tanto es así, que, poco a poco, siguiendo unos vecinos los comportamientos de otros, el pueblo entero acabó por darle de lado. Y como ya nadie más lo hacía, cuando lo veía caminar por la calle, sobre todo las primeras veces, al viejo Fernando intentaba acercarme. Sin embargo, rápidamente comprendí que no era buena idea, que al viejo no le interesaba tener compañía. Con los demás humanos acababa a gritos; conmigo, tan pronto me veía en el suelo o en el respaldo del banco de la plaza sobre el que se sentaba, con feas palabras y con lo primero que se echaba a las manos, me espantaba. Aun así, seguí acompañándolo siempre desde la distancia. Y tan a menudo lo observé, tanto acabé haciéndome al viejo, que con el tiempo comencé a comprender lo que sentía; todo cuanto Fernando pensaba. Incluso aprendí a anticiparme a casi cualquier cosa que hacía, por muy estúpida que esta pudiera resultar.

Cuando no estaba en casa, el anciano visitaba alguna de las tabernas del pueblo, de donde siempre salía bien tarde y, en ocasiones, forzado por los amables empujones y las caricias bruscas del propio tabernero. Decir tengo que no sé cómo lo hacía, pero de las tabernas casi siempre lo veía salir más confundido de lo que entraba.

Y así, jornada a jornada, nos alcanzó el invierno y consigo trajo una de las noches más frías y largas que mi memoria pueda recordar. Curiosamente, fue esa misma noche en la que la luna más hermosa que nunca acabó brillando; razón, tal vez, por la que el viejo Fernando terminara por naufragar esa madrugada en la marea de su locura.

VIII

La noche era especialmente tranquila. Tan solo rompía el silencio el susurrado rugido de la manguera, tratando de liberar a las sucias calles de su frecuente tufo a pescado. Pero yo, por alguna razón, no podía dormir. Recuerdo que hacía un frío de mil demonios. Esta expresión se la escuchaba a menudo pronunciar a los más viejos del lugar. Sin embargo, por más que me esforzaba, no lograba encontrar la relación entre el frío y los demonios. Por su parte, redonda y desnuda, desde su habitual e inalcanzable rama, la luna revestía con su hermosa luz plateada las infinitas hileras de viejos tejados. Igual hacía con mi negro plumaje. La última taberna del pueblo en permanecer abierta recién había cerrado su ruidosa y oxidada baraja —hablamos de avanzada ya la madrugada—. La mayor parte de las ventanas del lugar, como era costumbre cuando todo estaba tranquilo, hacía ya rato que descansaban.

Sobre las empapadas baldosas de la acera, el solitario Fernando, el anciano, el viudo o como quieran llamarle, en su lucha por sostenerse sobre sus dos pies, bailaba con las farolas que, aunque débilmente encendidas, iluminaban sus torpes pasos en la noche. Con expresión tensa y el cuerpo encorvado, el viejo miraba acá y miraba acullá, dudando, pareciera, de la dirección en la que debía marchar. Su ligero cuerpo se balanceaba a cada paso como se balancea un árbol al que el viento embiste e intenta derribar. Y a pesar de su avanzada edad, sus pisadas reflejaban la torpeza e inseguridad de aquellos humanos más jóvenes, que, desde cero, aprenden el arte de caminar.

Al viejo oía respirar fatigado y gruñir de forma constante, como gruñe el hocico de un jabalí que ansioso rebusca comida bajo el manto de hojas secas que cubre el monte. Y, al caminar, charlaba consigo mismo, como si no fuese capaz de pensar en silencio. Así caminaba el viudo aquella madrugada, deteniéndose, en ocasiones, para recobrar el aliento, hacer lo mismo con el equilibrio y humedecer sus secos labios con ayuda de la única compañía que aceptaba: la de una botella de vidrio siempre a medio vaciar. De repente, un paso en falso a Fernando le hizo trastabillar hasta perder por completo el control y las fuerzas en sus piernas de pajarillo. Y el anciano cayó al suelo.

Tal vez, fuera por el poco honor que aún restaba en su pecho, que Fernando quiso reincorporarse rápidamente antes de ser visto por nadie. Pero en sus brazos no había fuerza. Y aunque persistió en el intento, su cabeza, dolorida por el impacto, le obligó a rendirse, no sin antes dar otro trago a la botella que, con ágiles movimientos, en su mano mantuvo intacta. Y allí, tumbado sobre el empapado y sucio asfalto, el viejo Fernando se me asemejó a un desafortunado ratoncillo que, sin fuerzas para escapar, sucumbe ante el adhesivo de la trampa en la que ha caído prisionero.

Jadeaba. Y de sus labios escapaban también frases inacabadas, compuestas por palabras malsonantes que, por no encontrarse en mi vocabulario habitual, no reproduciré. Y continuó gruñendo, resoplando, maldiciendo, blasfemando, hasta que el agotamiento le obligó a desistir.

El frío calaba aquella noche como calan entre las plumas los tallos de la paja más fina, esos de los que no te puedes deshacer ni aun sacudiéndote el viento de un huracán. Después de verlo inmóvil durante un rato, la nariz y los marcados pómulos del anciano comenzaron a asemejarse a una de esas hermosas mariposas *morpho*. Tan confundido estaba aquel hombre, que a tantas cosas distintas era capaz de asemejarse. Y fue así que Fernando me pareció rendido y por completo abandonado.

De haberle dejado allí dormido, su cansado y fino cuerpo no lo hubiese soportado.

—¡Levántate, viejo! —le advertí desde las oxidadas rejas de una dormida ventana cualquiera en la que me hallaba posado.

Pero mi grito intencionado de advertencia no fue más que un intenso graznido para él, que del mismo susto despegó sus cansados párpados y, de golpe, se le irguió la cabeza.

Desorientado, a Fernando vi registrar con ojos desencajados sus alrededores, pero mirara donde mirara, todo era sombras y oscuridad; todo, salvo en lo más alto del cielo, más allá de los descuidados tejados; más allá, incluso, de las desnudas copas de los árboles más altos, donde la luna, redonda y desnuda, desde su inalcanzable rama, hacía ya rato que le observaba de forma descarada, como la impertinente dama nocturna que siempre fue.

Aún desde el suelo, el anciano posó en ella su descuidada mirada por primera vez en mucho tiempo. Tanto había pasado desde la última vez que la vio, que el pobre ingenuo creyó haberse olvidado de ella. Sin embargo, al ver de nuevo su enorme pandereta, con ella regresaron muchos de los fantasmas de su pasado.

—Largo de mi vista, maldita tú… Tú… Ladrona de luces… Tú… —balbuceó Fernando, tan arrastrado por la rabia que no era capaz de encontrar en su lenguaje habitual las palabras adecuadas.

Y le lanzó la primera piedra que alcanzó a agarrar y quiso salpicarla con el agua que en distintos charcos se acumulaba en el suelo. Pero, a pesar de sus arduos intentos por ahuyentarla, del tono amenazante que transmitía su rasposa voz, la luna no movió del cielo un solo rayo de su etérea luz. Allí siguió mirándolo con el morbo de quien, en la distancia, observa un suceso ajeno, mientras que el viejo no dejaba de acusarla y maldecirla.

Unos instantes más tarde, empujado quizás por una dosis extra de ira, Fernando al fin consiguió reincorporarse. Una vez en pie, como pudo, lo vi enjugarse los restos de frío y agua que le resbalaban por el rostro con un bonito pañuelo blanco que sacó de su bolsillo y que, a conciencia, luego plegó y guardó de vuelta. Después, intentó ajustarse la empapada barba y la camisa dentro del pantalón, pero sus manos no resultaban tan hábiles como antes. Picotazos me daban en el alma al ver el aspecto que lucía. Con pasos dudosos y a ritmo variante, el anciano regresó entonces a la acera para retomar así su camino. Caminaba con los ojos clavados en las húmedas baldosas de la acera y en los bajos de las farolas a las que en su camino se sujetaba. De vez en cuando, preso de una irresistible tentación, como si la propia luna le hablara, ladeaba la cabeza y al oscuro cielo lo veía mirar de soslayo. Cierto es que a aquella del cielo, su luz veía titilar, pero si de verdad la luna le hablaba o no, yo no podía saberlo. Y al verla siempre allí, mirara cuando mirara, persiguiéndolo de forma descarada, rápidamente encorvaba Fernando aún más su cuerpo y dejaba caer la vista al suelo. «¡No, no! Déjame en paz», decía el viejo en ciertos momentos, mientras que los plateados rayos de la luna se empeñaban en peinar su enmarañado cabello sin permiso.

Por los solitarios y silenciosos callejones deambuló Fernando, el viudo, durante largo rato, con los pasos arrastrados y la cabeza divagándole sobre un prado de recuerdos entremezclados, que, por más que atravesar quería, nunca parecía llegar a ninguna parte. A veces, al verla ahí arriba, aceleraba el paso, creyendo que yendo más deprisa de la luna escaparía; pero, al poco, la falta de aliento y equilibrio, lo obligaban a detenerse.

Poco a poco, con su habitual elegancia de movimientos, la luna comenzó a descender hasta las ramas más bajas, pero todavía inalcanzables, del árbol eterno que crece y crece hasta el cielo; era como si al viejo quisiera mirar más de cerca. Y mientras descendía, por alguna razón que solo ella sabía, la vi cambiar otra vez de color: de entera y plateada volvió a tornarse dorada, llenando de este mismo brillo los tejados de las casas y hasta el rostro de Fernando. Fue entonces que, cuando el viudo sintió enredarse en su barba la melancolía que emanaba de aquella luz, alzó de golpe su mirada y a sus torpes pasos dio una tregua. En la luna ancló sus ojos como si por ella hubiesen sido reclamados. Por alguna razón, la miraba distinta. Su mirada ya no mostraba el rencor ni el resentimiento de antes. Curioso, yo también la miré; y mirándola yo, seguía siendo luna, pero mirándola Fernando, estaba claro que aquella había comenzado a ser algo más.

Ambos mantuvieron durante unos instantes el cruce de miradas. Al cabo, al viejo vi cerrar sus ojos, como si pretendiera confirmar con alguno de sus otros sentidos aquello de lo que sus ojos no podían estar seguros. Lágrimas calientes, de esas que salen de las grietas más profundas del corazón, comenzaron a recorrer los surcos de su cara.

—¿Lucía? —dijo Fernando, esbozando con esfuerzo una sonrisa que tiempo hacía que sus labios no esbozaban.

E ignorando, pareciera, la cantidad de años pasados desde que Lucía un día se marchó, continúo diciendo:

—Se hace tarde. Baja ya y volvamos a casa.

Yo no daba crédito a lo que mis ojos estaban viendo: el anciano miraba a la luna con los mismos ojos con los que solía mirar a su pequeña, la misma admiración, el mismo amor, la misma cercanía. Parecía andar confundiendo los dorados rayos y las oscuras manchas de la luna con los rubios cabellos y las tiernas pecas de su Lucía.

Ebrio de alcohol y ahora también de nostalgia y de amor, en un arrebato de osadía, se inclinó Fernando hacia adelante como quien hacia adelante se inclina para abrazar con fuerza. Extendió sus brazos de alambre y los cerró mientras pronunciaba el nombre de su pequeña. No supo entender Fernando que, aun pudiendo sentir a la luna tan de cerca, esta se encontraba en verdad bien arriba, en lo más alto del cielo. Y como era de esperar, en su intento de abrazar, ni abrazó a la luna, ni alcanzó nada a lo que poder agarrarse, con lo que sus huesudas rodillas fueron a parar una vez más al duro y empapado asfalto.

IX

—¡Viejo tonto! ¡Borracho inútil! —se gritó a sí mismo Fernando, dándose palmadas y golpetazos en la cabeza como si así fuese aliviar el dolor de sus rodillas.

Y con los ojos cerrados y el rostro dirigido al lado opuesto en el que se encontraba esa que bien atenta lo miraba, y haciendo de su cuerpo un monigote cada vez más pequeño y encogido, me pareció ver al anciano pedir a gritos, gritos silenciosos, por supuesto, que se lo tragase la tierra para así olvidarse de la luna.

Por su parte, la luna, que dorada seguía brillando, debió sentirse culpable o, al menos, preocupada por lo que le ocurrió a Fernando, pues, permaneciendo ella misma sobre alguna de las ramas inalcanzables de ese árbol invisible y eterno, fue a aparecer al mismo tiempo allí donde los ojos de este quedaron orientados. Con la habilidad de un pequeño saltamontes, si se prestaba un poco de atención donde había que prestarla, podía verse descender su luz. Así brincó de tejado en tejado, y sobre las farolas que yacían con su luz fundida. Y con la soltura de quien tiene por costumbre pasearse cada noche, vino a adentrarse ella misma en el oscuro callejón donde Fernando. Allí, de un último y sutil salto, zambulló su dorado cuerpo en el pequeño charco de agua donde este ahogaba su mirada. Silenciosa, y más pequeña que de costumbre, se la veía chapotear en el agua. Cuán nítido y cercano se percibía su reflejo. Tanto, que hasta a mí me hizo pensar que de verdad había bajado, que, habiendo abandonado las ramas más altas e inalcanzables, esas que crecen hasta el cielo, había dejado de iluminar tan solo desde arriba y lo hacía ahora desde la confiada cercanía que le proporcionaba un charco de agua en mitad del callejón.

Pero, aunque borracho seguía, el viejo no olvidaba con facilidad y, aunque viera más cercana que nunca a la luna, simplemente por ser esta la luna, aún le guardaba rencor. Es por eso por lo que apartó la mirada del charco y forcejeó consigo mismo durante unos instantes para no volverla a mirar.

—Tú no eres Lucía —repetía Fernando con voz tan temblorosa, que casi se podía oír cómo se le rompía en pequeños pedazos—. No. Tan solo te pareces, pero no puedes serlo —insistía, buscando, tal vez, el autoconvencimiento.

Unos minutos más tarde, igual que un quinqué aumenta con suavidad su lumbre, así hizo la luna más intenso su brillo. Del charco emergió un rayo de luz dorada que, con decisión y amables movimientos, acarició el rostro del anciano. Con suaves movimientos, se enredó de nuevo en la mojada y desaliñada barba de Fernando, hasta alcanzar su marchitada tez. Al sentir el dorado rayo, a Fernando vi quedar sin aliento. Lo vi posar su mano menos dura sobre la mejilla que más iluminada se le veía y, como si un dolor intenso de repente lo envolviera, el anciano cerró los ojos.

Volvió a abrirlos. El viudo había cambiado de nuevo su expresión. En su rostro gris y apenado volvió a dibujar una sonrisa, que, como un enorme lazo, recorrió toda su cara.

—Lucía. Oh, Lucía —sollozó Fernando con la voz frágil de quien habla con un recuerdo todavía vivo.

Mientras este la contemplaba, la luna se encargaba de imitar con alada armonía cada uno de los embriagados balanceos del cuerpo del anciano. De esta forma parecía nadar hacia adelante y hacia atrás; hacia un lado y hacia el otro; siempre sobre la superficie del pequeño charco de agua. Y verla nadar y chapotear de aquella manera, a Fernando hacía reír a carcajada limpia, con la misma felicidad en el rostro de cualquier padre que juega con su pequeña.

Con la noche más avanzada, el frío alcanzaba con holgura, y sin piedad alguna, la mayor parte de rincones y callejones del pueblo. Tanto, que el viejo comenzó a sentirlo ya en sus huesudas manos, que, para entrar en calor, por momentos las frotaba con enérgica torpeza.

—Volvamos a casa, Lucía. Allí, bien calentitos a la lumbre de tu chimenea, seguiremos jugando —dijo Fernando al cabo de un rato, pues esta no parecía cansarse de nadar.

Y viendo que la luna por sí sola no salía, Fernando estiró su brazo y fue a meter la mano en el sucio charco de agua. El viudo, completamente inocente, no tenía otra intención que la de asir a la que creía su hija y ayudarla de esa forma a salir del agua. Pero como era de esperar, en el juego del charco, el agua también era participe. Al introducir la mano, el charco se estremeció y, haciendo uso de sus gélidos brazos circulares, como si de un despiadado truco de magia se tratase, ante los ojos de Fernando ocultó la imagen de la luna.

—Lucía, hija mía, ¿dónde te has metido? —gritó este con voz angustiada al ver que la imagen de su pequeña había desaparecido.

Y mientras llamaba a la que creía su hija, revolvía el agua con sus manos enteramente sumergidas, como si, al no verla en la superficie, en el fondo del charco la fuera a encontrar. Pero el charco nada le mostraba, pues poco o nada acostumbra a mostrar el agua cuando se interrumpe su reposo.

Yo, simplemente, observaba.

La extenuación al fin hizo desistir a Fernando. Carente de aliento, se le oía respirar con ritmos descontrolados. Sollozaba. Y, a medida que sollozaba, el alma, como ocurre con las cosas que por mucho rato se quedan empapadas, más se le arrugaba.

Pero lo que Fernando no podía pensar era que si la dejas tranquila, el agua por sí sola se apacigua. Así, a la superficie del charco vi llenarse, poco a poco, de hermosas perlas doradas que, en un vaivén fluido, se fueron apelotonando todas en un mismo lugar. Y, como si en las profundidades del charco hubiese permanecido oculta, volvió a resurgir la luna sobre la superficie del agua. Al verla, el anciano recuperó la sonrisa, todavía intranquila, pero sonrisa, al fin y al cabo.

—Ahí estabas, granuja —dijo con voz juguetona, mientras se enjugaba las lágrimas con el bonito pañuelo blanco que volvió a sacar de su bolsillo—. ¿Es que no quieres volver a casa todavía?

Fernando guardó de vuelta, y con suma atención, el pañuelo en su bolsillo y, acto seguido, y sin perder un segundo, continuó su particular conversación con aquella que creía su hija.

La tramontana, aunque suave, azotaba desde hacía ya rato mis firmes y negras plumas, hasta atravesarme la piel cual puñado de cuchillas afiladas. Tanto era el frío que hacía, que llegué a añorar incluso ese calor de mil demonios que habíamos tenido alguna vez. Pero después de tanto, al viejo seguí regalando mi apartada compañía. Él debía también estar muerto de frío, aunque no quisiera aparentarlo. Se le veía en las manos, se le veía en las mejillas y en la nariz, y en la forma de tiritarle la mandíbula. Aun así, el viudo siguió jugando y charloteando con esa que creía su pequeña, hasta que, de repente, ese suave pero frío viento hizo temblar el charco. Desde mi oscuro escondite pude ver al arrecido reflejo de la luna estremecerse de forma ligera. Fernando también lo vio y de todo lo que le dijo entonces, solo pude distinguir la palabra «frío» y la palabra «casa». Y, con la intención de abrazarla, tal vez para protegerla del frío, el anciano dejó caer su escuchimizado cuerpo sobre el agua estancada. Como era de esperar, lejos de zambullirse o de recogerla en sus brazos, su ebria y fantasiosa cabeza entró en contacto con cuanto de realidad había en el asfalto.

Dejando esta vez la vergüenza a un lado y el dolor a otro, el viejo fue capaz de enderezarse rápidamente. Al hacerlo, comprobamos, tanto él como yo, que, del propio impacto, el charco se había consumido. Parte del agua quedó adherida a la vieja y apulgarada chaqueta de Fernando; el resto quedó esparcido, como en un crimen sangriento, por todo el suelo a su alrededor.

—¡No! Lucía, hija mía. Otra vez no ¡¿Dónde te has metido?! —dijo Fernando, desbordado por extremas emociones, mirando el suelo a su alrededor y palpando su empapada chaqueta.

Y buscando a la luna estuvo un buen rato, mientras el intenso frío de la madrugada ya se había aferrado a mis garras.

Fernando movía la vista en derredor. La llamaba como si de verdad esperara verla aparecer por alguna de las esquinas. Entonces, se levantó y fue a soportar su espalda contra una de esas rígidas y seguras farolas que tanto le han soportado. Ya seguro y apoyado, sacó de nuevo el bonito pañuelo blanco del bolsillo de su pantalón y se lo restregó por la cara humedecida y helada; hizo lo mismo, o al menos lo mejor que supo, con la chaqueta. Y, aún con el pañuelo en la mano, a la que creía su pequeña siguió buscando.

De repente, de tan rápido como movía la cabeza de izquierda a derecha, de derecha a izquierda, atrás, adelante y abajo, en un descuido, alzó la vista a lo más alto del oscuro cielo. Y allí la vio. Cuán lejana la percibía otra vez, lejana como un vago recuerdo. Y, observándolo con atención, viendo cómo con esfuerzo intentaba mantener erguido su encorvado cuerpo, pude sentir cómo al viejo una vez más se le resquebrajaba el corazón. Con o sin razón, Fernando se lamentaba, pues se sentía responsable del espanto sufrido por su propia hija.

—Ba… ba —balbuceó Fernando—. Baja, Lucía. Mi vida. Disculpa a tu viejo padre, que no volverá a hacer más tonterías. Vamos. ¿No ves que es peligroso subir tan alto? Venga, hija mía. Y te prometo, si eso es lo que quieres, que me contentaré simplemente con verte nadar.

Y oyéndolo pronunciar esas palabras, entendí lo frágil y, al mismo tiempo, lo persistente que puede llegar a ser el espíritu de alguien que, habiéndolo perdido todo, se aferra al reflejo de lo que antaño tuvo. Pero aquella debió haberse asustado, y mucho, por lo ocurrido, pues inmóvil permaneció allá arriba y ni una sola palabra al anciano entregó de vuelta.

X

Se flagelaba el alma Fernando viendo que aquella que creía su pequeña a él no se acercaba. Y viendo que sus súplicas no llegaban a ningún puerto, no tuvo más remedio que continuar su camino. Le vi caminar como si fuesen sus pies torpes los que decidían el rumbo; su cabeza, pues, debió quedar varada en lo sucedido. Y caminó, para ser honestos, más en tiempo que en distancia, ebrio también de tristeza y decepción. Yo volaba por encima de cada farola encendida; me posaba en cada ventanuco por el que el viejo pasaba. Ríos de calles me bebí siguiéndolo, siempre con silenciosos aleteos y con mi negro plumaje oculto en la oscuridad de los callejones. A pesar del frío que ya casi tenía agarrotadas las plumas de mis alas, no estaba dispuesto a marcharme; tal vez, porque viendo lo confundido que estaba aquel pobre desgraciado, podía comenzar a imaginarme dónde desembocaría la historia con la luna. De ventana en ventana, ella también lo seguía, pero esta lo hacía con su dorado en las vidrieras, dando simpáticos brincos de cristal en cristal. Y en ellas la habría visto plasmada el viudo si no fuera porque deambulaba cabizbajo.

Al cabo, cuando los pasos llevaron a Fernando varias calles más al sur, de nuevo sus ojos se cruzaron con ella. Desde lo más alto del cielo, la luna tuvo la consideración de volver al suelo para emerger en otro charquito de agua que, sobre el asfalto, había dejado la ruidosa manguera. Y pequeña y dorada lucía tan hermosa, tan lejana y tan cercana como solo ella puede dejarse ver.

Este se le aproximó, esta vez con una intencionada delicadeza, y sobre el agua susurró palabras de arrepentimiento.

—Tú juega, Lucía —dijo una vez que recompuso los pedazos de su corazón—. Tú juega todo lo que quieras. Pero, por favor, no vuelvas a marcharte. No vuelvas a dejarme solo.

Unos instantes bastaron para ver de nuevo al anciano balancear su cuerpo entre suaves risas. Cuanto más rápido lo hacía, cuanto más rápido se balanceaba, más rápido se movía la luna de un extremo a otro de la superficie de la fría sopa de asfalto.

—Esa es mi pequeña —repetía Fernando con actitud orgullosa.

De cuando en cuando, la luz de la luna lanzaba unos leves destellos de su dorada luz y era entonces cuando de la boca del viejo se escapaban las carcajadas más sonoras. Este, que no había soltado la botella de licor en ningún momento, continuaba dando tragos que, poco a poco, le dejaban la garganta a la misma temperatura que el alma, pero que, sin saberlo todavía, le iban congelando el resto de los sentidos.

Así pasaron, tal vez, horas; de ello no puedo estar seguro. Y al cabo, la luna, sin avisar, tan sigilosa como acostumbra a ser, decidió abandonar el frío charco. En el cielo, se desplazó también a una rama distinta, pero igual de inalcanzable, dejando así ocultado su dorado cuerpo tras los edificios más altos del pueblo del mismo modo que se oculta la valentía cuando lo que domina es la oscuridad. Pero eso, Fernando, el viudo, no lo sabía. Él vivía inmerso en lo que ocurría a sus pies, en ios charcos, y había decidido ignorar el resto. La llamó y buscó con su angustia característica y habitual:

—¡Lucía! ¡Lucía!

Pero por razones lógicas, la que creía su pequeña, en aquel charco, no volvería a aparecer.

El anciano inició entonces una búsqueda incesante. Se asomó a cada charco de agua que se cruzaba; en ellos, la llamaba a veces susurrando y otras a pleno pulmón. Algunas ventanas vecinas, por los bocinazos, se despertaban para mirar en silencio, pero en ninguno de los charcos la luna lucía, y ninguna de las tantas ventanas que encendieron su luz a Fernando auxilió. Comenzó incluso a preguntarle a los charcos si a su Lucía habían visto —tal era su desesperación—. Pero todos, como por un acuerdo tácito, se mantuvieron a oscuras y en silencio, y sobre aquella a la que Fernando refería ser su pequeña, no recibió información.

Y al no verla emerger en ninguna parte y al no recibir respuesta por parte de ningún charco, charco de agua en el que se asomaba, charco de agua que, con frustración, arrasaba y des- mantelaba destrozándose los dedos contra la dureza del asfalto.

Y nada.

Sus pasos lo siguieron conduciendo de charco en charco siempre dirección al sur, donde las casas quedaban cada vez más separadas unas de otras. Y cómo de cruel era la luna, que cuando era evidente que el anciano ya comenzó a darse por vencido, pequeña y dorada, en un nuevo charco volvió a resurgir. Sumiso, y ocultando ante su presencia cualquier señal de rencor, Fernando se acercó a ella, y frente a ella se arrodilló.

—Lucía, mi vida, ¿quién te ha enseñado este juego? — preguntó con voz cansada y temblorosa, mientras que con sus doloridos dedos la quiso acariciar.

Y, aunque es cierto que lo hizo con extrema delicadeza, hay cosas que están creadas para ser vistas, pero nunca para ser tocadas.

Por alguna de esas innumerables leyes con las que la naturaleza se empeña en funcionar, tan pronto como los dedos de Fernando perturbaron la serenidad del charco, la propia agua, con la sutileza que a menudo caracteriza a aquel frágil elemento, sacudió otra vez sus hondas manos. El viejo vio cómo la luna se disolvía de nuevo de la superficie, del mismo modo que se disuelve la sombra en la oscuridad. Y yo vi entonces que, de seguir así, y si aquello para la luna era de verdad un juego y se estaba divirtiendo, ese juego no terminaría jamás.

—No, Lucía. ¡Ya está bien! Este juego ya no me gusta. Además, es tarde y está haciendo mucho frío —alzó el viejo de esta forma su voz, queriendo sacar autoridad de donde no la tenía.

Y culpó al agua por su ridícula sensibilidad; a la luna, de nuevo, por llevarse a su pequeña, e incluso se atrevió a culpar a su propia hija por esa forma tan macabra que tenía de jugar. El pobre miserable estaba tan confundido que no era capaz de ver que aquello que estaba ocurriendo era solo su culpa, culpa suya y de nadie más.

Al cabo, el anciano alzó la vista hacia delante y allí, en un nuevo charco que yacía tranquilo, volvió a encontrarla.

—¿Por qué rehúyes de mí si soy tu padre? —El confundido Fernando parecía no entender nada.

Y es que él tan solo quería abrazarla, sujetarla bien fuerte entre sus brazos y, junto a ella, regresar a casa. No quería nada más. Pero yo, desde la perspectiva que me facilitaba mi escondite, pude darme cuenta de que, efectivamente, aquella era la forma en la que a la luna le gustaba jugar. ¡Y menuda forma tan extraña de divertirse!, que, anhelando proximidad y cercanía, por nada del mundo permitía ser tocada, pues tan pronto como el viejo metía sus huesudos y helados dedos en el agua, rápidamente se desvanecía para reaparecer al rato en un charco distinto. Pero, por otra parte, tampoco permitía al viejo alejarse demasiado de ella, pues, aunque este no la mirara, junto a él iba siempre, demandando su atención.

Varios charcos y varios enfados más necesitó el desconcertado padre para comprender las reglas de aquel pasatiempo de luces y sombras. De charco en charco, pues, la persiguió por cada calle que aquella lo llevaba. Y cada uno, a su manera, era distinto, irregular, inesperado. En cada porción de agua que se acumulaba en el suelo, el viejo se encontraba con su Lucía. A veces, se esforzaba por dejar a un lado su mal humor, pues comprendía lo joven que su pequeña todavía era, lo mucho que siempre le gustó jugar y lo poco que él, por razones que solo él comprendía, le permitió hacerlo. Entonces, la miraba y no podía más que sonreírle con la misma sonrisa que lanza un padre a su hija que juega sobre el columpio más alto del parque. Pero, aunque le costara esfuerzos, el viejo Fernando también aprendió a jugar, y como parte del mismo juego, a veces, ambos intercambiaban las tornas. Entre controladas carcajadas, el anciano descorría sus pasos hacia atrás, pasando de vuelta por los mismos charcos, haciendo que fuera su Lucía quien lo persiguiera a él.

Avanzada ya la madrugada, el frío revestía con esmero cada calle y cada rincón del pueblo como un pesado manto cubre una cama de esquina a esquina. Y en los duros inviernos, el agua, al igual que el resto de elementos, tiene sus mecanismos propios para no estremecerse con tanta facilidad; y como de agua estaban llenos, así lo aprendieron también los charcos: cual si se hubiesen cansado de tanto jugar, estos dejaron su fluida gracia de movimientos a un lado y comenzaron a henchir sus superficies de finas estrellas de escarcha que, poco a poco, se iban arrejuntando, estirando y volviendo más firmes, hasta hacer de la dorada luz de la luna la prisionera más hermosa del hielo.

XI

El júbilo entonces se detuvo de golpe. En un suspiro helado, el viejo vio cómo su Lucía pasaba de brincar y chapotear de charco en charco a ser presa de una helada cárcel de cristal.

—Oh, no. ¡¿Qué hago?! ¡¿Qué puedo hacer?! —gritó Fernando, de nuevo atropellado por la situación.

Desde las oxidadas y carcomidas barras de hierro de la ventana que en aquel momento soportaba mi descanso, pude ver al anciano que se arrodillaba frente al charco, en todos los sentidos que puede una persona arrodillarse. La angustia le hacía temblar cada una de sus articulaciones —aunque, fácilmente, esto podía deberse también al propio frío—. Con sus ojos recorría de punta a punta el irregular perímetro del charco, como si buscara la cerradura que a su pequeña mantenía encerrada. Ante la angustia del viudo, cuando al cielo me daba por lanzar la mirada y veía allí a la luna, que, con su luz lejana y dorada, bien atenta miraba hacia lo que ocurría a sus pies, más profunda era la lástima que el viejo me inspiraba. Y es que no hay nada más triste que aquel que, sin ser ciego, no sabe o no quiere ver la realidad.

Y allí permaneció Fernando durante un buen rato, en su vis a vis particular, acariciando con sus amoratados, ásperos y doloridos dedos la fría superficie del charco. Y lagrimeó lágrimas calientes que, al caer, se volvían hielo; y lagrimeó hasta que a sus ojos ya no le quedaba más pena que soltar. Entonces, se tumbó junto al charco, cerró los ojos y, al cabo, su respiración comenzó a tornarse cada vez más pausada, más profunda. Yo, que lo miraba desde una distancia prudente, no comprendía lo que estaba sucediendo. Era como si de nuevo el viudo quisiera rendirse.

—¡Viejo! —intervine entonces—. ¡Levanta si no quieres acabar con el cuerpo tan helado que ya te sea imposible volver a moverte! —Y lo hice desde la lástima y la responsabilidad que aún sentía por él.

Pero, una vez más, de mis palabras de auxilio el anciano tan solo pareció captar el desgarrador tono de mi graznido, que, con un exagerado sobresalto, lo hizo reaccionar. Al intentar reincorporarse, su mano, que descansando permaneció todo el rato sobre el helado charco, quebró por accidente la chapa de hielo que lo cubría. Al ver lo sucedido, Fernando, todavía aletargado, soltó un grito que sonó más desde el interior de su pecho que desde su boca. Y, apresurado, como si tiempo no tuviera para andar perdiéndolo, comenzó a deshacerse uno a uno de los trozos del despedazado hielo que sobre la superficie del charco quedaron flotando.

Sus labios, los de Fernando, casi púrpura, tiritaban. Sin embargo, bajo esa pesada capa de frío, cansancio, angustia y tristeza volvió a germinar, como germina una pequeña mata de hierba verde sobre los restos calcinados de un bosque, una pequeña sonrisa, pues, al fin, su Lucía nadaba de nuevo libre sobre la superficie apaciguada del charco. El viejo, al que los restos de agua salpicada se le entremezclaban en el rostro con las lágrimas que brotaron de sus ojos, se echó entonces la mano que tenía libre a un bolsillo del pantalón; luego al otro; y le vi hacer lo mismo con los traseros y los bolsillos de su chaqueta; también por el suelo. Fernando rebuscó durante un rato, pero al no encontrar lo que andaba buscando, fue a consolar su empapado rostro contra las mangas de la chaqueta.

Y así, ambos continuaron durante largo rato con el mismo juego de siempre. En algunos charcos, la luna nadaba y se sumergía libre; en otros, se la volvía a ver encerrada bajo el hielo. Pero eso al viejo ya no parecía preocuparle demasiado, pues, a veces, con el culote de la botella que aún cargaba, y otras, con la delicadeza que era capaz de proporcionarle la suela de su zapato, con seguridad rompía la parte más sólida del charco, apartaba los pedazos más grandes de hielo, y, al son de unas ásperas carcajadas, volvía a disfrutar de ver a su pequeña nadar libre.

De agua en agua, la luna siguió llevando al viejo, pienso que a conciencia camino al sur. E intuyendo yo hasta donde sería capaz de llegar el viejo demente, y motivado por la compasión que en mí no paraba de crecer, decidí plantarme ante él y, desde lo alto de una farola cercana, la que emitía la luz más firme de todo el callejón, le lancé una advertencia:

—Cuida tu camino, viejo.

Y, a continuación, le expuse que por más duro que a veces nos resulte, debemos aceptar que hay cosas en la vida que son inalcanzables; que hay luces en el firmamento que no son más que el doloroso recuerdo de lo que antaño fueron, pero nada más. Para mi sorpresa, el viejo oyó mi voz tan clara, que pareció comprender el significado de cada una de mis palabras. Pero, rodeado de oscuridad y cegado por la luz de la farola que sobre él brillaba tan de cerca, no pudo saber en un principio dónde me encontraba.

—¡¿Quién es?! ¡¿Quién anda ahí?! —gritó con su característica voz desagradable y alarmada—. ¡Déjate ver!

—Aquí arriba, viejo tonto. Mira, que ya te interesa volver a levantar bien la cabeza —observé con la más sincera intención de ayudar.

Y fue entonces que el viudo pudo advertir mi presencia sobre la farola de luz firme que le alumbraba. Y, nada más diferenciar mi ensombrecida silueta, con el puño derecho alzado, vociferó, escupiendo sobre mí esa ira que con tanta fuerza en él se iba regenerando:

—No eres más que un simple pajarraco.

—¿De verdad lo soy? —respondí así a la observación de Fernando, con cierta jocosidad, mirando con ojos de sobreactuada sorpresa las negras plumas de mis alas. La distancia que me brindaba la farola me permitía dicha actitud.

El viejo lanzó un grito, y, con voz pastosa y arrastrada, continuó entonces:

—Juré por lo que más he querido en esta vida que al cielo no volvería a ceder mi mirada para no cruzarme de nuevo con esa ladrona que de las luces ajenas, luces que nunca fueron suyas, se apodera. Y tú, maldito cuervo, has hecho que de nuevo falte a mi palabra.

El baile de claroscuros que en aquel punto del callejón ofrecían en conjunto las sombras de la noche y la luz de la farola, que dejó de ser firme, o más bien estática, para comenzar a moverse entonces en sintonía con una gélida brisa, intensificaba en el rostro del viejo las expresiones de rabia que, sin motivo alguno, despertó hacia mi persona.

—Pero, viejo —insistí sin titubeos desde el lado más amable de mi corazón—, mirando al suelo no haces más que seguir un falso reflejo; la idea de algo que no es real. Créeme que te interesa querer escucharme, viejo. No te dejes engañar por los sigilosos caprichos de esa a quien acusas de ladrona.

—¿Falso reflejo? —replicó entonces el viudo, encontrando ofensa en mis palabras auxiliadoras.

—No vuelvas a hablar así de mi pequeña. No te atrevas. —Y elevó aún más alto y con mayor intensidad su puño derecho—. ¿Qué sabrá un cuervo solitario y parlanchín de lo que es capaz de hacer un padre desesperado por su pequeña?

—¡Golondrinas! —exclamé al instante—. En eso tienes toda la razón, viejo. Pero si de algo creo saber, es de hermosas y brillantes luces, y de lo extraviado que estas te pueden dejar. Por eso, te pido que vigiles bien tus torpes pasos, que estos no te hagan meterte en todos los charcos que en tu camino encuentres, pues te puedes topar con alguno del que te sea imposible salir. Que tú sabes bien, viejo, que en este pueblo has vivido por tantos y tan largos años, que al sur del todo está el gran…

Pero Fernando ni siquiera me dejó finalizar. Como ya hiciera una madrugada calurosa de algunos años atrás, volvió a arrojar, en la dirección en la que yo me encontraba, la botella de licor que, aunque casi vacía del todo, aún venía sujetando. Y como con la botella no acertó a darme, me lanzó, además, varios pedazos de hielo de un charco cercano que, con vehemencia y sin cuidado alguno, rompió de un duro zapatazo.

—¡Largo de aquí! —me gritó así—. Vuelve a la oscuridad, pajarraco inmundo.

Con rapidez batí mis alas y de la farola alcé el vuelo. Ante tal jaleo de voces, las ventanas vecinas, una vez más, se despertaron y, encendidas, pero inmóviles y en silencio, permanecieron como escuchando durante todo ese rato.

—¡Tú mismo, viejo! —le grité una vez en el aire—. Mi mensaje ya está dado. Por ti más no puedo hacer; al menos, no más de lo que podrías hacer tú. —Y agitando apresuradas mis plumas, volví a ocultarme en la espesa negrura del callejón, de donde ya sí que me quedó claro que nunca debí haber salido.

Siguiendo el camino de charcos continuó el anciano, cual peregrino extraviado, que, hambriento, sigue un rastro de migas de pan. Y así estuvo durante un buen rato, hasta que, ante uno de esos charcos, decidió arrodillarse con la delicadeza que su estado le permitía; se deshizo de la cárcel de hielo que lo cubría, y, con palabras bien claras, las más claras que en mucho tiempo le oí pronunciar, al recién liberado reflejo de aquella que creía su pequeña, le oí dirigirse:

—¿Recuerdas, Lucía, recuerdas aquella historia que papi te contaba? Aquella de la valiente niña y la solitaria luna. ¿Recuerdas cómo logró llegar la valiente niña hasta donde la luna vivía? Bien, si tu alma juguetona no te permite aún regresar a casa conmigo y tus blancos labios no quieren hablarme, ¿por qué no me conduces hasta ese precioso sendero de luces que me lleve hasta donde tú estás? Hazlo, hija mía. Y te prometo que los dos jugaremos tranquilos tanto tiempo como tú quieras. Y también te contaré más cuentos, algunos nuevos que he escrito tan solo para ti, y otros que, por falta de tiempo, todavía se encuentran en mi cabeza. Anda, Lucía.

Pero la luna no le respondió; ni siquiera se movería de aquel charco hasta que Fernando no decidiera hacerlo primero.

Al final, así lo hizo. El viejo y cansado padre continuó su camino como había estado haciendo durante toda la noche. Yo no pude, o más bien no quise, hacer otra cosa que seguirlo en silencio y desde la distancia. Atrás dejó el viudo los ríos de calles estrechas que, poco a poco y sin avisar, acabaron por conducirle al enorme ponto.

El vasto cuerpo marino lucía tan quieto a la vista, que parecía ser un simple charco de agua cualquiera. Sin embargo, este se extendía hasta donde el negro cielo dibujaba una finísima línea horizontal al fondo de todo, a donde tan solo la vista es capaz de llegar. A pesar del frío, esa noche el mar regalaba, a cualquiera que a escucharlo se dignara, su sonido más agradable: un susurro aterciopelado que, pese a la sutileza de sus olas, lograba envolver mis sentidos de igual modo que envuelve una voz al narrar con aureada fluidez una bonita historia. Por su parte, el viento gélido, que para entonces soplaba con decisión, empujaba mar adentro, dirección al horizonte, cualquier cosa que al agua caía: hojas, ramas, plumas… cualquier cosa. Y al ver al anciano detenerse junto a la orilla, yo también decidí detenerme.

XII

Algo había cambiado de repente en aquella que el viejo creía su hija. Aunque, a ojos externos, era evidente lo que ocurría. Aquel lugar la hacía relucir distinta.

Aunque hacía el mismo frío, en aquella balsa de agua infinita que era el mar, la luna ya no era prisionera del hielo ni lucía su reflejo como una pequeña perla dorada. Utilizando entonces al mar como cómplice, su luz nadaba con soltura desde la susurrante orilla donde nace y muere la playa, hasta el lejano horizonte que nunca acaba. Su hermoso cuerpo resultaba allí esbelto y alargado. Nadaba. Y, al hacerlo, dejaba sobre la superficie del mar un hermoso camino recto de luz dorada. Un sendero, sí; eso me pareció a mí también al verlo desde la alta muralla de piedra desde la que me encontraba descansando entonces. Fernando, ebrio de alcohol y de tantas otras cosas, y, tal vez, también, de las imágenes que construían sus viejas historias, vio en aquel sendero el camino que debía recorrer para llegar hasta donde su pequeña Lucía estaría esperándole.

Desde la alta muralla de piedra, al anciano volví a advertir de su imprudencia:

—Cuidado, viejo.

Pero, de nuevo, de mi clara advertencia Fernando debió percibir tan solo mi graznido.

—¡Ya. Cállate ya! —gritó al aire desde la orilla, sin siquiera girar su exhausto y encorvado cuerpo para mirarme.

El viudo comenzó a hundirse en el frío manto de sal. Caminó sus pasos siguiendo el sendero dorado. Lo tocaba y agitaba con sus heladas manos, pero la luz de la luna debía sentirse allí tan segura, tan libre, que ni un poco se desvanecía. Aquello era para Fernando como volver a sentirla, como enrollar entre sus dedos los dorados cabellos de su pequeña Lucía. Avanzaba como si tratase de peinar los bucles que creaba el suave movimiento de las olas, y, a pesar del frío y del tono que había tomado su piel, a Fernando no vi dejar de sonreír en ningún momento. Sus osadas intenciones desbordaban locura a borbotones, locura que no hacía más que avivar la llama de su estupidez.

A trompicones, pero con pasos decididos, el anciano se alejaba cada vez más de la orilla.

—Ya voy. ¡Ya voy, mi vida! —gritó con la poca fuerza que la emoción lograba mantener en su voz.

Y continuó caminando, hasta que, para avanzar, sus piernas no eran ya suficientes y requerían la ayuda de sus brazos. Entonces, braceó y siguió braceando. Mientras nadaba, tanto se centró Fernando en los dorados destellos que iluminaban y ondeaban sobre el agua, que ni siquiera prestó un segundo de su atención al agotamiento que comenzaba a acumular su cuerpo. —¿A qué diablos me recordará esto?—. Pronto comenzó a estorbarle la vieja chaqueta. De ella se deshizo con dificultad, pues, como si en su contra se hubiese vuelto de repente, la chaqueta parecía empeñada en arrastrar al anciano hacia el fondo del mar. Justo el lugar opuesto al que tenía intención de dirigirse. Y sin chaqueta, siguió braceando. Sin embargo, todavía no se había alejado Fernando demasiado de la playa cuando advirtió que, por más que braceaba, por más que se alejaba de la costa, más lejos sentía encontrarse del lugar al que quería llegar.

Tan solo se dio cuenta el necio de lo exhausto y agarrotado que se encontraba, cuando ya le resultaba demasiado tarde para regresar a la playa.

—Lucía, ¿dónde te han llevado que a ti no puedo llegar? —le oí decir con la voz casi hundida y el poco oxígeno que restaba en sus pulmones.

Tan asustado, tan desamparado parecía sentirse entonces Fernando, que en su alma no quedaba ya espacio para la ira. Pero ni siquiera allí, en mitad del negro mar que rodeaba aquella playa oscura, lo encontré más solo de lo que ya lo había visto antes.

Sin nada a lo que agarrarse, y sin atisbo alguno de recibir el menor auxilio por parte de nadie, esa vez a Fernando ya no le quedaba más que rendirse ante la senda de lo inevitable. Yo simplemente lo miraba con la impotencia de quien quiere, pero no puede hacer nada. Sin embargo, de repente, igual que una luz en el horizonte es para el náufrago sinónimo de esperanza, la luna, mostrando por una vez algo de misericordia con el viejo desventurado, de igual modo se encendió. Más grande la vi hacerse en el cielo, como si acercarse más a la playa fuese su intención; y con más fuerza vi destellar su luz dorada. Tal fue el centelleo que emitió, que la luz logró captar la atención del remojado anciano y, por puesto, también la mía. Desde lo alto de la muralla de piedra donde me hallaba la contemplé. Sobre Fernando la vi verter su luz dorada, acompañando cada vaivén que el cuerpo del rendido anciano realizaba sobre la superficie. Y, sin yo esperarlo, sobre mi cabeza derramó también uno de sus hermosos rayos.

—Entrégale al exhausto anciano la muñeca que un día me ofreciste, y líbrale así de toda la amargura que durante tanto tiem-po viene atormentándole —me dijo la luna. Y la luz dorada que derramaba sobre mi cabeza transformó cada rincón del oscuro cielo en una hermosa cortina de colores distintos, colores cálidos que en cascada comenzaron a llover sobre mi ser, aliviando mis plumas del insoportable frío que las entumecía.

Y, a su petición, negarme no quise; o no supe.

Rápidamente batí mis alas dirección a mi vieja rama, agarré la vieja muñeca sin prestar atención al resto de mis pertenencias, y de vuelta me dirigí a la playa, con la cálida luz de la luna abrazándome todavía. Bien lejos de la orilla se encontraba ya Fernando cuando regresé. Sobre su cabeza revoloteé unos instantes. Igual que me hacía a mí, la luna también parecía estar haciéndoselo al viejo. Su luz iluminaba con fuerza el rostro de Fernando, que yacía bocarriba, obligándole incluso a entornar la mirada. Y volando sobre su cabeza, sin ser visto por sus sufridos ojos, cegados de luz y sal, pude contemplar en el empapado y encendido rostro de Fernando el abandono de tantos años. Y aquella escena debía resultar devastadora, desgarradora, y, por completo ausente de toda esperanza. Pero yo, que aún me sentía extasiado por la solemne voz de la luna, en absoluto me vi afectado. Al menos no mientras pude seguir sintiéndola a ella.

—Arrójasela —volvió a decirme sin más.

Y como quien despierta de un trance, de un sueño que de principio a fin parece real, nada más abrir mis garras, obedeciendo sin más cuanto dijera la luna, y desprender de ellas la vieja muñeca, de mis sentidos se esfumó su cálida y hermosa voz de luces y colores, y, de golpe, a mí regresó el frío.

Con el peso de una gota de agua, la vieja muñeca cayó sobre mar, junto al anciano. Fernando, exhausto, al verla flotar junto a él, a la muñeca se aproximó con la poca energía que restaba en su cuerpo, y la agarró con dedos insensibles. De cerca la miró y, sin más, le dio un abrazo.

—Lo sabía. Sabía que al final te encontraría —gorgoteó el viejo, como si pensara que aquello formaba parte del mismo juego.

Fernando alzó de nuevo la vista al cielo, con los ojos en remojo y el alma al fin reblandecida. Y diría que, obviando mi ensombrecida presencia, mirando a la luna con el semblante de quien al fin siente ajustadas todas sus cuentas, a ella, y no a mí, regaló la que fue su última sonrisa. Tan cansado, y estando todo empapado, Fernando debía estar congelado —yo, al menos, así me sentía—.

Abrazado a la muñeca, al viejo vi cerrar los ojos. Y en su rostro, además del frío y del remoto reflejo de la luna, que continuaba deslizando sus encendidas manos sobre todo él, que en aquella ocasión no parecía querer abandonarlo, pude ver serenidad, calma y paz por primera vez desde que lo conocí tantos años atrás.

XIII

Regresé entonces a la muralla de piedra; necesitaba descansar las alas y sacudir con fuerza mis plumas para liberarlas del frío que las estremecía. Mientras pude, como hice siempre, a Fernando seguí Observando. Aún abrazado a la muñeca, a su cuerpo, quieto y como redimido, en todos los sentidos en los que se puede redimir un hombre, merced de los gentiles brazos del agua, vi ser arrastrado lentamente y sin esfuerzo alguno a lo largo del dorado y mágico sendero, dirección a la línea que separa el cielo del mar. El viejo se estaba marchando. Después de todo, después de tanto, allí me dejaba sin más. Al poco, pasó de verse como un cuerpo entero, a parecerme un simple punto allá, a lo lejos. Sí, la luna me lo había arrebatado sin costarle apenas nada, sin esfuerzo alguno; más, cuando yo ni siquiera se lo ofrecí ni le di permiso para poder llevárselo. Me había engañado a un pez; y yo me había dejado engañar.

Y tanto tiempo estuve obsesionado con el solitario viejo, preocupándome por cada uno de sus pasos, sin pensar en otra cosa que no fuera él, que, nada más acepté su marcha, a mi cabeza acudió el recuerdo de algo llamado «sueño». Así que, cuando ya se encontraba tan lejos de la costa que mis ojos apenas podían distinguirlo de entre las sombras de la marea, vacío del todo, huérfano también de cualquier responsabilidad, decidí coger el camino de vuelta a mi rama de siempre.

Para volver, me bebí los mismos charcos, pasé por las mismas ventanas y sobrevolé las mismas farolas. Mis alas deshicieron el camino que horas antes recorrieran junto al anciano. Para cuando volaba de vuelta, ese sentimiento de vacío ya había florecido del todo en mi interior. Pero, para mi sorpresa, mientras volaba de vuelta a mi rama de siempre, en uno de los callejones más oscuros de este pueblo, allí, tirado y olvidado sobre las empapadas baldosas, algo llamó mi atención. Se trataba del bonito pañuelo de tela blanca que siempre utilizaba el viejo para enjugarse la cara. Digo yo que se le desprendería en algún momento de la noche en el que la atención de ambos, la suya y también la mía, se hallaba algo dispersa o del todo deslumbrada. Me acerqué con la misma inquietud que, a menudo, despertaba en mi cuerpo la cercana presencia del anciano. Lo agarré con el pico. Estaba completamente empapado y todo cubierto de escarchas. Y no olía a limpio precisamente, pero vaya que sí era lindo, con sus hermosos ribetes dorados enmarcando su contorno. «Lucía». Eso escribían unas bonitas letras, también doradas, junto a una de las esquinitas. De soslayo oteé mi alrededor. Todas las ventanas seguían dormidas en el silencio de la madrugada. Tan solo la luna, que nunca parecía descansar, me miraba desde lo más alto del cielo. Así que, sin hacer ruido, me marché de allí.

Sin duda alguna, iba a añadir el pañuelo de tela a mi preciada colección de tesoros rescatados; al menos, esa fue mi intención nada más verlo. Pero de camino a mi rama de siempre, mis alas no pudieron resistir el impulso de mi cabeza, o mi cabeza el impulso de la tramontana, que para entonces había decidido cambiar la dirección en la que soplaba y, por alguna razón, desviar mi camino hacia la ventana de Lucía. Hasta allí mismo me llevó.

Una vez posadas mis garras sobre el antepecho de la ventana oí un ruido en el interior de la desangelada habitación. Algo pasó de golpe, a toda prisa junto a la vidriera. «¡Golondrinas! ¿Será la chiquilla, que ha regresado?», para mí dije en un primer momento. Pero no, no era la chiquilla y claro que tampoco era el viejo Fernando. Simplemente se trataba de una paloma, que, como buenas depredadoras de lugares vacíos que son, revoloteaba a sus anchas por el interior de la habitación.

Y me pareció inaceptable, ultrajante, ver el estado en el que estas habían dejado la cornisa y los cristales de la ventana: todos sucios y desaseados —como siempre hacen con todo, para ser honestos—; y lo mismo hicieron con el interior. Por primera vez, con una sensación distinta bajo mis plumas al pensar que el viejo no aparecería, y escurriéndome de manera furtiva por el agujero que aún dejaba indefensa a la ventana, me atreví a adentrarme en la habitación. De un fuerte graznido, quise espantar a las palomas, ahuyentarlas y que se fueran para siempre de aquella habitación, pues nada me agradaba ver en lo que había degenerado la bonita imagen y el cálido y acogedor recuerdo que yo guardaba de aquel lugar.

—¡Fuera, granujas desconsideradas! —les grité.

Pero estas debían haberse hecho tanto a los ruidos, a los llantos y a las rabietas del anciano solitario, que con mi voz no se espantaron. La mayoría, que dormitaba con su arrullo apaciguado, ni siquiera se inmutó. Todo allí resultaba frío y oscuro, sin vivas sombras plasmadas sobre las paredes de la habitación, pues, en sí misma, la habitación era una sombra. En un par de aleteos fui a posarme sobre una de las repisas de la pequeña biblioteca. Allí, entre excrementos, plumas desprendidas y palomas dormitadas, descansaban algunos libros; la mayoría, por no decir todos, lucían viejos. Eran cuentos que parecían hechos a mano, con las cubiertas ya algo descoloridas y todas polvorientas, pero que, de dejarlos allí, abandonados a merced del tiempo y de su inseparable olvido, por nadie nunca volverían a ser leídos. Así que, con mis buenas intenciones de siempre, pensé en rescatarlos de aquella quietud. Pero como no soy ningún ladrón, a pesar de lo que muchos se empeñen en andar diciendo, y testigo de semejante desastre y tremenda suciedad que a todo mi alrededor se levantaba, no me los iba a llevar sin más. Se me ocurrió así desprenderme del bonito pañuelo de tela a cambio de tomar prestados los cuentos.

Con mis uñas quise agarrar los libros. Pero como si se negaran a pasar el resto de sus días en un sitio distinto al que ya estaban, al posar en ellos mis garras y tirar suavemente para sacarlos, las páginas que los formaban se desmontaron de las costuras que las mantenían unidas. Y mira que de ellos tiré con delicadeza. Pues, aun así, una a una sus páginas cayeron al suelo, y, haciéndose pedazos, sobre el suelo se desmoronaron cual castillo de arena que roza el mar. Y sin más, ante mi perpleja mirada, las palabras que entre las páginas descansaban ceniza se volvieron. De ellas quedó nada.

Eso ocurrió con todos los libros; con todos menos con uno, el único que mis garras lograron mantener intacto. Se sentía muy ligero. «Será fácil de portar», me dije en silencio. Las palomas que andaban despiertas, y que atentas y en silencio observaban mis claras intenciones, no dijeron ni «pío» —quedaba claro que velar por el bienestar del lugar que las cobijaba, de ellas no era menester—. Y si no les importó que a la habitación me adentrara sin antes avisar y que anduviera queriendo importunarles el descanso, claro que no iba a importarles que de allí me llevara cualquier libro, por ligero que este sea, si hasta el gorrioncillo más pequeño e imberbe es conocedor de que las palomas ni siquiera saben leer.

Al borde de la ventana, sobre el viejo pretil de siempre, dejé el pañuelo blanco. Y es que, seguro estaba, y seguro aún estoy cuando lo pienso, de que si algún día al viejo le diera por regresar a su casa y viera de qué guisa las desconsideradas palomas lo habían dejado todo, iba a necesitar más el bonito pañuelo blanco que un cuento escrito para Lucía, por más bellas que fueran las palabras con las que estuviera escrito.

De vuelta al fin en mi rama de siempre, junto al resto de mis posesiones más preciadas puse a descansar mi nueva adquisición. Acomodé el libro con esmerada sutileza. Y a descansar me disponía yo también, que ya necesitaba dejar apartada aquella interminable noche, cuando mis menguados ojos se cruzaron de nuevo con la gibosa luz de la luna. Esta parecía no descansar nunca. Había dejado de lucir dorada, de verse melancólica, y se veía de nuevo entera toda ella, con actitud satisfecha, y recubierta de plata. Cual si nada hubiera ocurrido, como si nada hubiese ella hecho, desde las inalcanzables ramas del árbol invisible, ese que crece y crece hasta envolver de oscuridad todo el cielo de la noche, se recreaba rebozando con su plata las viejas y desatinadas tejas de las casas de todo el pueblo. Lo mismo había comenzado a hacer con mis alisadas plumas. Y de verdad pienso que, aquella, descansar no requería, porque, igual que si la noche no hubiese hecho más que empezar, estando arriba, bien alta en el cielo, por las calles volvía a pasear su luz —como siempre había hecho, para ser honestos—. Sin embargo, y al contrario a como ya ocurriera una vez, en esta ocasión, la luz que paseaba lucía tan etérea, tan lejana e inalcanzable como esa misma que cada noche irradia sobre el firmamento.

Y aunque exhausto me encontrara, aunque mi emplumado cuerpo ya no pudiera soportar más esa noche, a pesar de todo, a pesar de tanto, el simple hecho verla de nuevo casi lograba tentar a mi ser más ingenuo. Y es que tal era lo que siempre había sentido por la luna, lo que en mí siempre fue esta capaz de despertar, que no exagero si digo que, en cualquier otro tiempo ya pretérito, como buen cuervo que soy, por hacerme con un solo rayo de su silvestre luz, no me hubiese importado perder la cabeza del mismo modo que la perdiera el viejo Fernando. Pero igual que un libro grueso y pesado no se vuelve más liviano por más páginas que se pasen, no consiguió el paso del tiempo hacerme más fácil el superar lo que ocurrió aquella madrugada. Por eso, y aunque es cierto que lucía hermosa, tan hermosa como solo ella es capaz de lucir, desde aquella noche, y por muchas razones, por más madrugadas que junto a mi vieja rama bajara a pasearse, a la luna nunca más supe volver a admirar de la misma manera en que lo hacía antes.